Nacht

Sündhafte Begierde der Verdammnis

Über die Autorin:
Aufgewachsen in einem Haus voller Bücher und künstlerisch angehaucht von ihrer Mutter, stand für die aus Österreich stammende Autorin früh fest, ihrer größten Leidenschaft, der Schriftstellerei, nachzugehen. Gewonnene Preise bei Verlagswettbewerben folgten.
Unter dem Pseudonym **Yara Nacht** schreibt die Tierliebhaberin homoerotische sowie romantisch-schwule Romane diverser Genres.
Privat der Forensik verschrieben, verfasst sie zusätzlich unter Decknamen Liebesromane und ist Chefredakteurin eines österreichischen Unternehmens.

Wer mehr über die Veröffentlichungen der Autorin erfahren möchte, kann dies gerne auf der Verlagshomepage **www.HOMOLittera.com** tun.

Yara Nacht

Sündhafte Begierde der Verdammnis

Eine homoerotische Vampirserie
Teil 1

HOMO Littera

Bibliografische Information der Deutschen Bibliothek
Die Deutsche Bibliothek verzeichnet diese Publikation in der Deutschen Nationalbibliografie; detaillierte bibliografische Daten sind im Internet über http://dnb.ddp.de abrufbar

Yara Nacht, Sündhafte Begierde der Verdammnis

Am Rinnergrund14, 8101 Gratkorn,
www.HOMOLittera.com
Email: office@HOMOLittera.com

Coverfoto:
Beauty @zamphotographiy – Fotolia.com
Gotyckie ruiny z cierniami i mgłą @Chorazin – Fotolia.com

Foto im Buch:
Smoke © Péter Mács – Fotolia.com

Das Model auf dem Coverfoto steht in keinem Zusammenhang mit dem Inhalt des Buches. Der Inhalt des Buches sagt nichts über die sexuelle Orientierung des Models aus.

Handlung, Charaktere und Orte sind frei erfunden. Jede Ähnlichkeit mit lebenden oder toten Personen ist rein zufällig.

Originalausgabe: Juni 2012

Printed in Germany

ISBN Printausgabe: 978-3-902885-00-5

ISBN PDF: 978-3-902885-01-2
ISBN ePub: 978-3-902885-02-9
ISBN PRC: 978-3-902885-03-6

Für immer in meinem Herzen!

M., B. und I.
†

Nahtoderfahrungen sind dazu da, der Hoffnung ein lächelndes Gesicht zu geben.

Die geschilderten Handlungen dieses Buches sind fiktiv! Im realen Leben gilt verantwortungsbewusster Umgang miteinander und Safer-Sex!

1

Valentin befand sich auf dem Friedhof und betrachtete voller Ehrfurcht den herbstlichen Sonnenuntergang. Die Luft war kühl, und ein leichtes Lüftchen blies ihm um die Nase.

„Herr Pfarrer Burger, Sie sollten bald ins Haus gehen“, sagte der alte Herr, der auf einen Gehstock gestützt vor ihm stehen blieb, um ihn näher zu beäugen. „Es ist nicht gut, wenn Sie sich bei Einbruch der Dämmerung noch hier aufhalten.“

Valentin schüttelte skeptisch den Kopf. Tatsächlich war ihm aufgefallen, dass die Dörfler nach dem Abendrot die Türen versperrten und die Fenster schlossen. Was mochte der Grund dafür sein?

„Seien Sie unbesorgt, es ist doch nicht schlimm, wenn es dunkel wird“, erwiderte er gelassen, da er diesem Kauderwelsch absolut nichts abgewinnen konnte.

„Das denken Sie, Herr Pfarrer! Hören Sie lieber auf den Ratschlag eines weisen Mannes, der bereits seit neunundachtzig Jahren hier lebt. Der Friedhof ist nachts kein guter Ort, an dem man sich aufhalten sollte“, antwortete dieser in einem leicht erregten Tonfall, während er sich gleichzeitig forsch umsah. Sein Blick schweifte flüchtig auf den bewaldeten Berg, der an das Dorf grenzte. Dabei umklammerte er mit zitterigen Händen seinen hölzernen Gehstock.

„Das Unheil naht! Nehmen Sie sich in Acht!", betonte der Alte erneut mit bebender Stimme.

Valentin wollte etwas darauf sagen, aber der Mann hatte ihm längst den Rücken zugekehrt und verließ, so schnell ihn seine greisenhaften Beine trugen, den beinahe totenstillen Friedhof.

Drei Wochen später

Fahles Licht brannte in der Pfarrkanzlei. Valentin saß auf einem Stuhl und sah nachdenklich zum Fenster hinaus. Eigentlich hatte er sich den kleinen Ort vor Wien lebendiger vorgestellt, denn das völlig abgeschottete und von einem großen Wald umgebene Nest wirkte nicht nur verschlafen, sondern auch etwas unheimlich - vor allem nachts schien das beschauliche und vom Aberglauben beherrschte Dorf wie ausgestorben.

Seit drei Monaten befand er sich nun auf diesem Fleckchen Erde, um als Kaplan seinem Dienst nachzugehen. Für die nächste Zeit würde er dem Geistlichen der hiesigen Gemeinde unterstellt sein, bis er selbst die Alleinverantwortung für eine Pfarre übertragen bekäme. Doch da sich Priester Eduard im Moment aus Krankheitsgründen auf Kur befand, lag es nun an ihm, diesen vorübergehend in dem kleinen, gerade mal achthundert Einwohner zählenden Seelendorf, zu vertreten. Valentin vermisste die gemütlichen Gespräche mit dem Geistlichen schon jetzt. In der kurzen Zeit hatte er Vertrauen zu dem alten Mann gefasst, der so viel Güte und Offenheit besaß. Nun war Stille in das alte Pfarrhaus eingekehrt, und auch die kleine Wohnung, die Valentin darin zuteilwurde, schien ihm fast zu groß.

Ein jäher Laut, der einem heulenden Wolf gleichkam, ertönte durch das Fensterglas und durchbrach Valentins in sich gekehrte Nachdenklichkeit. Beunruhigt lauschte er dem unnatürlichen Klang, ehe er sich zur Haustür begab und zu den Gräbern hinausging, um nach dem Rechten zu sehen.

Auf dem Friedhof war es bereits stockdunkel, nur die Kerzen in den Grablaternen warfen beklemmende Silhouetten auf das alte Kirchengemäuer. Rings um ihn herum herrschte Totenstille, und von Weitem war der Schrei eines Käuzchens zu hören.

Verunsichert schritt Valentin den nebelverhangenen Kieselweg entlang, der verräterisch unter seinen Schuhen knirschte. Er hatte das unangenehme Gefühl, nicht allein zu sein. Immer wieder blickte er spontan hinter einige große Grabsteine.

Abrupt blieb er stehen und horchte aufmerksam in die düstere Nacht hinein. Ein kurzer, merkwürdiger Laut hallte über die Ruhestätte der Toten hinweg. Doch so sehr er sich auch konzentrierte, er konnte niemanden sehen. Valentin glaubte, die Dorfbewohner mit ihren seltsamen Geschichten hätten ihn bereits angesteckt, als er erneut etwas vernahm. Sofort wandte er sich um, in dem Verdacht, jemand könnte ihm einen üblen Streich spielen. Dabei wirkte die ihn umgebende Stille fast gespenstisch. Stumm stand er da und starrte in die Dunkelheit, bis er dachte, die Umrisse einer Menschengestalt erkannt zu haben. Und tatsächlich - wie aus dem Nichts tauchte mit einem Mal ein Mann zwischen den Grabsteinen auf, der ihn auffällig musterte.

Leicht erschrocken über dessen unerwartetes Aufkreuzen, betrachtete der junge Priester den hochgewachsenen Schlanken mit dem auffallend schwarzen Haar etwas genauer. Das dunkle Hemd, das dieser trug, ließ im Schein der Kerzen einen mit leichten Muskeln bepackten Oberkörper erkennen, der sich ansehnlich durch die Kleidung stählte. Und auch die Stoffhose, wie Valentin aufmerksam feststellte, saß wie angegossen.

Mit klopfendem Herzen beobachtete er jede Regung des jungen Mannes, dessen Gesichtszüge - soweit er dies im schummrigen Licht erkennen konnte - in einem äußerst attraktiven und maskulinen Bild erschienen.

Schweigsam standen sie sich gegenüber. Nur die unheimlichen Geräusche der Nacht waren zu hören.

Valentin überlegte. Da sich direkt dahinter eine Gruft befand, glaubte er, das uralte Grabgewölbe könnte sich eventuell in dessen Besitz befinden. Dennoch fand er es seltsam, dass sich der Unbekannte zu so später Stunde hier herumtrieb. Unfähig, auch nur ein Wort über die Lippen zu bringen, blickte er ihn gebannt an. Die wunderschönen, aber gleichsam Furcht einflößenden Augen nahmen ihn gefangen. Verlegen versuchte er, den Blick des Dunkelhaarigen von sich abzuwenden, doch zu seinem Erstaunen hielt dieser dem Augenspiel gelassen stand. Valentin spürte, wie eine kühle Brise Wind sein weiches, blondes Haar erfasste, während der Fremde den Kopf etwas anhob und scheinbar gemächlich die Herbstluft in seine Nase sog - so, als würde er einen ganz speziellen Duft einatmen.

Der Vorfall schien dem Geistlichen nicht ganz geheuer, deshalb wagte er nicht, sich zu bewegen. Erst als sein Gegenüber den Kopf wieder senkte, wurde ihm schlagartig bewusst, dass der Mann ihn einer gänzlichen Körpermusterung unterzogen hatte. Unsicherheit machte sich in ihm breit, und er fragte sich, wer der Schöne war, der die Unverschämtheit besaß, einen Priester scheinbar reuelos lüstern anzublicken.

Doch noch ehe er weiter darüber nachdenken konnte, machte der Namenlose eine rasche Bewegung hinter einen großen Grabstein und schien plötzlich verschwunden.

Beunruhigt blickte Valentin sich um, doch von der attraktiven Begegnung war nichts mehr zu sehen.

2

Bastian stand am Fenster der alten Wassermühle, die sich einsam und verlassen auf einer bewaldeten Anhöhe befand. Aufmerksam blickte er auf das Tal hinab. Von hier oben aus hatte er den weitläufigsten und schönsten Ausblick. Unwillkürlich schweiften seine Augen zu der etwas abseits gelegenen Kirche und dem Friedhof, auf dessen Gräbern unzählige kleine Lichter in der Dunkelheit hin- und herflatterten. Doch sein größtes Interesse galt vor allem dem Pfarrhaus, in welches seit einiger Zeit wieder mehr Leben eingekehrt zu sein schien. Sein nächster Weg, so nahm er sich fest vor, würde ihn erneut ins Dorf hinabführen, um mehr über den neuen - und wie er sich eingestehen musste - ziemlich hübschen Priesterzögling herauszufinden. Er musste sich Klarheit verschaffen, ob dieser ihm und seinem Freund Tamber zukünftig gefährlich werden könnte.

Mit diesen wohlüberlegten Gedanken zog Bastian die bereits etwas aus der Form geratenen Holzläden zu, damit das Licht des Kaminfeuers nicht allzu stark nach außen drang – auch wenn ihm klar war, dass die Dörfler mit Missbehagen davon wussten, dass hier oben jemand lebte.

Tamber legte im selben Augenblick ein paar große Holzscheite in den breiten Kamin, in welchem das Feuer angenehm dahinprasselte, ehe er an Bastian herantrat und diesen sanft auf das danebenstehende Bett zog. Sogleich machte er sich an dessen schwarzer Stoffhose zu schaffen, doch Bastian stieß ihn grob zur Seite.

„Was ist los?", versuchte Tamber in Erfahrung zu bringen, nachdem Bastian ihn deutlich schroff zurückgewiesen hatte.

„Nichts, was soll schon los sein? Mir lüstet im Moment eben nicht danach."

Bastian ging zur verschlossenen Holztür, um diese zu öffnen, als Tamber ihm ungläubig hinterherstarrte.

„Und warum hast du es plötzlich so eilig? Wo willst du hin? Ich dachte, wir vergnügen uns noch ein wenig und gehen danach gemeinsam auf die Jagd!?", fragte er misstrauisch nach.

„Nicht heute, mein Freund! Ich habe noch etwas Wichtiges zu erledigen", erwiderte Bastian leicht abwesend und fuhr sich dabei fahrig durch das schwarze Haar, während Tamber ihn noch immer skeptisch musterte.

Er wollte mit Bastian schlafen, mit *seinem* Bastian, und nicht mit irgendeinem dahergelaufenen Tölpel, den er in jeder Diskothek hätte auflesen können – das hatte er schließlich alles schon hinter sich. Mit Bastian machte es viel mehr Spaß! Argwöhnisch zwang er sich, die Gedanken des Freundes zu erkunden, um augenblicklich zu erfahren, warum dieser es plötzlich so eilig hatte ...

Der Friedhof! – Das Pfarrhaus!, drang es in Sekundenschnelle in sein Gedächtnis.

Tamber wunderte sich über die seltsamen Gedankengänge Bastians. Was hatte der Gefährte auf dem Friedhof und im Pfarrhaus zu suchen? Hatte er etwa vor, dem neuen Geistlichen einen schauerlichen Besuch abzustatten?

Tamber hatte bereits von dem Kaplan gehört, der unter der Fuchtel des alten Priesters stand, und vermutlich hatte Bastian mittlerweile erkannt, dass von diesem eine echte

Gefahr für sie beide ausging. Von Pfarrer Eduard hatten sie bisher nichts zu befürchten gehabt, der immer bestrebt war, sich von Unheil und Neugierde fernzuhalten. Doch der Neue, der im Moment ganz allein das Pfarrhaus hütete, könnte zu einer echten Bedrohung werden. Und da ihnen die Kirche ohnehin seit Jahren auf den Fersen war, mussten sie permanent auf der Hut sein, kein unnützes Aufsehen zu erregen.

Tamber murrte laut, als er seinem Freund beim Verlassen der Mühle hinterherblickte und den im Geiste gesponnenen Bösartigkeiten freien Lauf ließ: Der neue Priester würde noch früh genug bemerken, mit wem er es zu tun bekäme, sollte er es tatsächlich wagen, sich ihnen auch nur ein einziges Mal in den Weg zu stellen!

3

Bastian schwebte in schwindelerregender Höhe über das Tal hinweg. Der schwerelose Zustand des Fliegens ließ ihn neu aufleben. Schon lange hatte er diese Fähigkeit außer Acht gelassen. Doch das war nicht der einzige Grund, warum er jetzt im Gleitflug über das Dorf hinwegschwebte. Ein unsäglicher Durst nach Blut hatte ihn hierher getrieben, um sein scheinbar nie zur Ruhe kommendes Hungergefühl zu sättigen.

Bastian spürte, wie sein Magen rebellierte und sich krampfhaft und unter Schmerzen zusammenzog. Eigentlich hatte er zunächst vorgehabt, dem jungen Kaplan auf dem Friedhof aufzulauern, doch irgendetwas hatte ihn in letzter Sekunde daran gehindert.

Mit Adleraugen näherte er sich nun dem Waldstück. Wenige Sekunden später setzte er sanft auf einem dicken Baumast auf und stützte sich mit seiner linken Hand an dem beleibten Stamm ab, um sein auserwähltes Opfer, das eine Helmlampe trug, einer näheren Betrachtung zu unterziehen. Der völlig Ahnungslose war gerade dabei, pfeifend und in weitem Bogen auf das wurzelartige Gehölz zu urinieren. Für einen Moment blickte Bastian dem Dörfler auf dessen schlaffen Penis, schaute dann aber angewidert weg, da ihn das baumelnde Geschlecht einfach nur abtörnte. Ein letztes Mal sah er sich um, um sich zu vergewissern, dass sich auch tatsächlich niemand in ihrer Reichweite aufhielt, der sie hätte sehen können. Doch außer dem starken Blutgeruch des Mannes witterte er nichts. Auf was wartete er also noch?

Lüstern und mit voller Vorfreude strich er sich mit der Zunge über die Zähne, wobei sich sein Körper bereits begehrlich nach dem Leckerbissen verzehrte. Er musste das Blut des Menschen auf der Stelle haben; es gab nichts mehr zu überlegen! Wie der Blitz ließ er den aufgeblähten Baumstamm der Fichte los und schnellte zielsicher nach unten. Einen Herzschlag später stand er auch schon vor dem Mann, der hastig sein Teil in der Hose verpackte, und blickte ihn mit glimmenden Augen an, was diesen geängstigt in sich zusammenfahren ließ.

„Schon wieder so ein rumtreiberisches Gesinde!", fuhr der Dorfbewohner Bastian dennoch schroff, aber auch mit zitteriger Stimme an und wich dabei ein paar Schritte zurück.

„Welch *wunderschöne* Nacht!", erwiderte der Untote nur zynisch und umkreiste mit geschwinden Bewegungen sein auserwähltes Opfer, was dieses noch mehr zu verunsichern schien.

Bastian verstand dessen Beunruhigung durchaus – verfügte er doch über eine derartige Schnelligkeit, die für das menschliche Auge vernunftwidrig war.

Mit zusammengebissenen Zähnen versuchte der bereits etwas in die Jahre Gekommene, seine Furcht zu verbergen. Nichtsdestotrotz konnte Bastian die Angst, die dem Dicken in Form von Schweiß aus den Poren trat, förmlich riechen. Und auch wenn dessen Blut nicht annähernd so gut roch, wie das des jungen Priesters, den er neulich auf dem Friedhof angetroffen hatte, so war er dringend auf Nahrung angewiesen. Der strenge Geruch des roten Lebenssaftes drang immer stärker in seine Nasenflügel, was ihn unaufhaltsam dazu antrieb, schnellstmöglich über den Fremden herzufallen. Vorerst aber war es ihm ein Anliegen, noch etwas klarzustellen: Niemand, aber wirklich niemand, hatte das Recht, ihn als Gesinde zu beschimpfen - schon gar kein Sterblicher!

Doch der Mann provozierte ihn unaufhörlich weiter.

„Du düster gekleidetes Pack, du! Hast wohl nichts anderes zu tun, als dich nachts im Wald herumzutreiben?"

Bastian lüpfte erstaunt seine Brauen. Sollte er mit dem Dorfbewohner spielen, bevor er sich genüsslich an dessen Blut zu schaffen machte? Es gefiel ihm, wenn man ihn unterschätzte.

„So? Du nennst mich also gewöhnliches Gesinde oder gar düsteres Pack, wie du es so schön zu sagen pflegst, ja?" Dabei machte er erhobenen Hauptes einen raschen Schritt nach vorne, um dem Dicken nun geradewegs in die vor Furcht geweiteten Augen zu blicken, was diesen erneut mechanisch zurücktaumeln ließ. Dennoch wollte der Mann nicht klein beigeben und spuckte hemmungslos auf den Waldboden. Wieder bemerkte er das Leuchten in Bastians Augen und ahnte, dass mit diesem etwas nicht stimmte. Doch es war bereits zu spät.

„Das düstere Pack wird dir jetzt zeigen, was es von einem wie dir hält", flüsterte Bastian ihm heuchlerisch zu.

Die Augen des Ortsansässigen nahmen überdimensionale Größen an, und ohne dem ahnungslosen Opfer noch eine Chance zu geben, packte Bastian dieses und riss es unsanft zu Boden. Sofort bohrten sich seine weißen Eckzähne in das Fleisch des Unterworfenen, und er begann, hemmungslos zu trinken. Ein gellender Schrei des Mannes erfüllte augenblicklich den Wald, und Bastian wusste, dass nun schnelles Handeln angesagt war. Kurz war das aufgeregte Flattern von kreischenden Vögeln in den Baumkronen zu vernehmen, die sofort in den sternbesäten Nachthimmel emporstiegen. Dann erhellte ein weiterer Schrei die Nacht, bevor der Dörfler das Bewusstsein verlor und regungslos auf dem Waldboden verharrte. Bastian ließ sich jedoch nicht davon abhalten und beugte sich tiefer über sein wehrloses Opfer, um sich mit Genuss an dem warmen Blut zu laben.

4

Valentin saß an seinem Schreibtisch in der Pfarrkanzlei. Die letzten Tage waren nicht so verlaufen, wie er sich das zunächst vorgestellt hatte. Irgendwie hing er mit seinen Gedanken ständig woanders. Und auch wenn er es innerlich verleugnete, so musste er sich langsam eingestehen, dass ihm der attraktive Mann, dem er neulich nachts auf dem Friedhof begegnet war, nicht mehr aus dem Kopf gehen wollte. Immer wieder sah er die braunen Augen mit dem fordernden Blick vor sich, verbunden mit einem unangenehmen Gefühl im Brustbereich - unangenehm deshalb, weil er genau wusste, dass der Unbekannte ihm gefallen und einen bleibenden Eindruck hinterlassen hatte.

Beschämt legte er den Kugelschreiber auf die Unterlagen und versuchte, wieder einen halbwegs klaren Kopf zu bekommen. Doch all die Mühe schien vergebens.

Erst gestern Nacht hatte er von dem Namenlosen geträumt – und zwar etwas absolut nicht Jugendfreies!

Verdammt! Er durfte solche Träume und Gedanken einfach nicht haben ...

Valentin murrte laut. Erinnerungen an längst vergangene Tage waren plötzlich wieder zum Leben erwacht. Tage, an denen er sich beinahe täglich gefragt hatte, ob er nicht normal sei, weil er bereits als Vierzehnjähriger in der Schulgarderobe lieber den Jungs als den Mädchen beim Umziehen zugesehen hatte. Soweit er sich erinnern konnte, war er damals der Einzige gewesen, der in seiner Klasse so empfunden hatte. Zumindest glaubte er das.

Als er als Sechzehnjähriger endlich den Versuch gewagt hatte, sich seinen Eltern anzuvertrauen, hatte er dafür eine deftige Moralpredigt erhalten, dieses Geheimnis unter keinen Umständen jemals preiszugeben, da Schwulsein etwas Abartiges sei. Sein Vater hatte es schließlich auf die Spitze getrieben, indem er ihn zu einem Verhaltenstherapeuten schleppte, der ihm diesen *Unsinn* hätte ausreden sollen. Zu Valentins Vorteil entpuppte sich der Therapeut jedoch selbst als schwul, sodass dieser ihn bald wieder aus den öden Therapiesitzungen entlassen hatte.

Dennoch waren ihm ein paar Sätze des Vaters bis heute schmerzhaft in Erinnerung geblieben: *„Du wirst um jeden Preis Priester werden - dann kannst du deine perversen Gedanken wenigstens nie ausleben. Ich möchte mir gar nicht vorstellen, wie ich als Politiker dastehen würde, käme das von dir erst mal an die Öffentlichkeit!"*

Dieses engstirnige Denken hatte Valentin bis heute nicht losgelassen. Dazu kam, dass seine beiden Brüder Tobias und Clemens seit jeher die besseren Karten in der Familie gezogen hatten.

Valentin war eben schon immer anders gewesen, auch wenn seine Familie es nicht akzeptiert hatte und vermutlich auch nie akzeptieren würde. Und wenn er ehrlich zu sich selbst war, so hatte er innerlich ebenfalls den Wunsch gehegt, durch den Eintritt ins Priesterseminar seine Neigung zu Männern verdrängen zu können. Doch hatte er sich damit wirklich einen Gefallen getan? Vielleicht, so mutmaßte er, hatte er sich ja nur in einen Beruf geflüchtet, wo für verboten Sündhaftes einfach kein Platz war - wobei er nicht sagen wollte, dass ihm das Amt des Priesters keinen Spaß machte. Er liebte seine Profession geradezu, wusste aber auch, dass er sich hinter der Priesterkleidung, die er trug, versteckte.

Seit der unerwarteten Begegnung mit dem Fremden hatte ihn seine Vergangenheit unweigerlich eingeholt. Sein tiefstes Inneres zwang ihn nun, sich mit einem Thema auseinanderzusetzen, das er eigentlich geglaubt hatte, längst abgeschlossen zu haben.

Valentin starrte zum offenen Fenster hinaus. Draußen wehte ein kühles Lüftchen. Er liebte dieses wohlig rauschende Geräusch, wenn der Wind durch die Bäume streifte, auch wenn es sich unheimlich anhörte. Gedankenverloren blickte er in die Finsternis, doch die Dunkelheit, die ihn erneut an den Unbekannten erinnerte, versetzte ihm nur einen weiteren Stich in sein Herz. Der namenlose Schöne wollte einfach nicht mehr aus seinen Gedanken weichen. Doch höchstwahrscheinlich würde er ihn sowieso nie wiedersehen. Und obwohl ihm dieser Gedanke eigentlich hätte willkommen sein müssen, verabscheute er ihn.

„Geht es Ihnen nicht gut, Herr Kaplan?", ertönte plötzlich eine klare Stimme, die ihn unvermittelt aus den Gedanken riss. Angela Thorsten, die Haushälterin von Priester Eduard, stand neben dem Schreibtisch und sah ihn aufmerksam an.

„Sie sehen ein wenig blass aus. Vielleicht sollten Sie etwas essen?", versuchte sie erneut, ein Gespräch zu beginnen.

„Ich bin nur etwas müde, das ist alles", log Valentin, wobei er sie nicht aus den Augen ließ. Seit jeher führte die Frau den kleinen Haushalt von Pfarrer Eduard sowie den seinen, auch wenn ihm das überhaupt nicht passte, da er sich liebend gern selbst darum gekümmert hätte. Doch Angela hatte ihm erklärt, dass es in einer kleinen Gemeinde wie dieser zur Gepflogenheit gehörte, eine Pfarrköchin zu haben. Und da er sich nicht schon zu Beginn unbeliebt hatte machen wollen, hatte er sich einfach angepasst.

„Im angrenzenden Wald kann man sehr schöne Spaziergänge unternehmen. Vielleicht nehmen Sie sich abends mal die Zeit, einen kleinen Ausflug zu machen. Die frische Luft würde Ihnen bestimmt guttun. Nur ...", unterbrach sie sich selbst.

Valentin sah sie erwartungsvoll an.

„Nur ...?", wiederholte er drängend, da er ihre bemutternde Art in letzter Zeit ziemlich nervig fand.

„Sie sollten bei Einbruch der Dämmerung wieder zuhause sein. Zumindest rate ich Ihnen das!"

Valentin blickte sie mit zusammengekniffenen Augen fragend an, ehe er etwas darauf erwidern konnte.

„Wie oft und von wie vielen Leuten aus dem Ort muss ich mir diesen Schwachsinn eigentlich noch anhören? Warum fürchtet sich beinahe jeder in diesem Dorf vor der Dunkelheit?", fragte er kopfschüttelnd, während seine blauen Augen Angela immer noch fest fixierten. Zu oft hatte er Priester Eduard danach gefragt, aber nie eine Antwort erhalten.

„Nicht die Dunkelheit ist es, die den Menschen den Schlaf raubt, sondern die Umstände, die damit verbunden sind - zumindest seit geraumer Zeit ..."

„Und was sind das für sonderbare Umstände, von denen Sie da sprechen?", wollte Valentin genauer wissen.

„Nun ja, es gibt eine ältere Frau im Ort, die behauptet, der Fremde, der oben auf der bewaldeten Anhöhe in einer Wassermühle lebt, sei etwas ... sonderbar." Sie räusperte sich verlegen, um seinem Blick für einen Moment geschickt auszuweichen.

„Ich wusste nicht einmal, dass dort oben jemand wohnt", gestand Valentin gelassen, während er sich mit der rechten Hand durch sein blondes Haar fuhr.

„Die Alte behauptet, der Mann würde schon lange in der Wassermühle wohnen, aber ... nie altern! Und auch ihre Mutter und Großmutter hätten ihn schon gekannt!“

Valentin spürte, wie sich unwillkürlich ein Schmunzeln um seine Lippen legte. Das war nicht das, was er erwartet hatte.

„Halten Sie mich nicht für taktlos, Angela, aber könnte es nicht einfach sein, dass die alte Frau etwas verwirrt ist?“

Angela schüttelte beinahe ängstlich ihren schwarzen Kurzhaarkopf.

„Nein, das ist sie nicht! Zumindest glaubt mittlerweile keiner mehr daran, dass sie ... verrückt sein könnte. Früher, als sie noch jünger war, da hatte sie ihr Hausarzt mehrmals in eine Psychiatrie gesteckt, da man ihr einfach keinen Glauben schenken wollte.“

„Und Sie? Was glauben Sie?“, hakte Valentin widerspenstig nach.

„Ich weiß nicht mehr, was ich glauben soll. Aber das, was die alte Dame sagt, kann ja unmöglich stimmen, deshalb ... Ach, ich weiß es auch nicht ... Der Mann kommt tagsüber nicht ins Dorf, und man munkelt, dass er gar nicht gesehen werden möchte. Dabei wissen wir alle, dass er dort oben wohnt, auch wenn er die Fenster ständig mit diesen alten Holzläden verbarrikadiert. Er wirkt einfach unheimlich, verstehen Sie? ... Wenn sich beim Wandern jemand in die Nähe der Mühle verirrt hat, wurde der Ortsfremde dort noch nie angetroffen. Mittlerweile wagt sich aber auch keiner mehr auf den Berg. Sollten Sie also einmal in den Wald spazieren gehen, dann wandern Sie bloß nicht zu hoch hinauf, um die Wassermühle zu meiden!“

Valentin sah sie für den Augenblick einer Sekunde nur stumm an. Dann nickte er nachdenklich, auch wenn er diesem Gerücht keinen Glauben schenkte.

„Wie sieht er eigentlich aus, dieser Mann, der in der Mühle wohnen soll?“, fragte er weiter nach.

„Wie ich vorhin schon sagte, lässt er sich kaum im Dorf blicken, und die, die ihm bisher begegneten, schrecken sogar nicht davor zurück, das Wort *Geist* in den Mund zu nehmen, da es schon vorkam, dass er kurz gesehen wurde und gleich darauf wieder verschwunden war ... Vor Kurzem kam einer der Bauern nach dem Holzhacken etwas verwirrt nach Hause. Seitdem scheint mit dem Mann etwas nicht mehr zu stimmen. Keiner weiß, was mit ihm geschehen ist, doch man tuschelt, dass er dem Schwarzhaarigen begegnet sein könnte. Die wenigen Dörfler, die dem geheimnisvollen Fremden bisher über den Weg gelaufen sind, verhalten sich im Nachhinein alle sonderbar, aber ähnlich.“

Valentin horchte gebannt zu. „Wie denn?“

„Sie scheinen krank zu werden, verhalten sich auffällig, aber gleichzeitig sind sie körperlich nach wie vor zu allem in der Lage. Selbst dem hiesigen Arzt war es nicht möglich, eine konkrete Diagnose zu stellen. Dazu kommt, dass ein paar Menschen aus dem Dorf spurlos verschwunden sind ...“

Eine kurze Pause entstand, in der Valentin seine glatte Stirn zu leichten Falten runzelte und überlegte. „Hm ... das ist schon sonderbar ... Und wie alt ist der Mann?“

„Er soll Ende zwanzig sein und sehr gut aussehen - zumindest sagt man das. Ob es stimmt, ist die andere Sache ... Sein Haar soll rabenschwarz sein, und die Augen so dunkel wie die Nacht.“

Valentin durchfuhr ein seltsames Gefühl. Konnte das der attraktive Unbekannte sein, der ihm nicht mehr aus dem Kopf gehen wollte?

Der Gedanke war beschämend, aber die Beschreibung, die Angela ihm gegeben hatte, würde haargenau auf den Fremden passen. Gegen seinen Willen musste Valentin an die schönen braunen Augen und den ansehnlichen Oberkörper denken, der sich ihm fordernd durch das dunkle Hemd dargeboten hatte.

Der Mann, der vermutlich als Einsiedler zurückgezogen in der Wassermühle lebte, hatte soeben mehr denn je sein Interesse geweckt.

5

Die Herbstsonne hatte sich bereits vom Himmel verabschiedet, als Valentin die bewaldete Anhöhe erreichte. Inmitten zahlreicher Fichten und Tannen stand ganz im Verborgenen die Mühle, deren Wasserrad zu ihrer Rechten in einem angenehmen Ton gleichmäßig dahinplätscherte. Im Stillen beobachtete Valentin das kleine Bächlein, welches sich friedlich einen Weg über moosbewachsene Steine ins Tal suchte. Das Fleckchen Erde wirkte idyllisch, und für einen Moment war er versucht, sich einfach auf die frische Luft zu konzentrieren und seinen Gedanken freien Lauf zu lassen.

Flüchtig dachte er an die Begegnung mit dem Fremden auf dem Friedhof zurück. Es war die kaum auszuhaltende Neugierde, die ihn heraufgetrieben hatte, an diesen scheinbar verlassenen und beinahe geisterhaften Ort, der durch seine paradiesische Umgebung dennoch eine gewisse Faszination auf ihn ausübte. Doch die Mühle sah verlassen aus. Kein Rauch drang aus dem Schornstein des kargen Steinhauses, was insofern verwunderlich war, da der Herbst bereits Einzug gehalten hatte. Zu gern hätte er jetzt einfach einen Blick in das Innere geworfen. Aber durfte er das? Durfte er sich ohne Erlaubnis einfach Zutritt zu dem Mühlenhaus verschaffen?

Für einen kurzen Moment überkam Valentin der Gedanke, einfach wieder zurückzugehen. Was hatte er sich überhaupt dabei gedacht, hier heraufzuwandern? Wer sagte, dass der Namenlose hier seinen Wohnsitz hatte?

Dennoch dachte er erneut an die dunklen Augen zurück, die ihn auf dem Friedhof gemessen hatten, die schwarzen Haare, das blasse, aber wunderschöne Gesicht und die athletische Figur. Allein diese Gedanken reichten aus, dass er tief in seinem Herzen ein wohliges Empfinden verspürte, was er verdammt noch mal nicht haben sollte!

Aber er konnte es nicht sein lassen. Ein flüchtiger Blick über die Schultern genügte, um sich zu vergewissern, dass ihn auch niemand bei seinem Vorhaben beobachtete. Dann lief er eilig wenige Meter nach vor, um schließlich an der wuchtigen Holztür stehen zu bleiben. Erneut blickte er sich rasch um. Da er jedoch niemanden sehen konnte, drückte er den Türgriff vorsichtig nach unten. Zu seinem Erstaunen war die Tür nicht verschlossen, also nahm er sich vor, die Mühle so geräuschlos wie nur möglich, zu betreten, und sah sich bedachtsam darin um. Doch durch die Holzläden herrschte fast vollkommene Dunkelheit. Somit ging Valentin zunächst zu einem der verbarrikadierten Fenster, um wenigstens einen der vorgezogenen Läden, die den Lichteinfall verhinderten, zu öffnen. Durch die einströmende Helligkeit konnte er sich eine grobe Orientierung im Raum verschaffen. Dabei fiel ihm vor allem der breite Kamin ins Auge. Neben diesem befanden sich ein gusseisernes Bett, das mit dem roten Satin-Laken frisch bezogen aussah, und ein alter, verschnörkelter Schaukelstuhl, der wohl, nach grober Einschätzung, schon ein gutes Jahrhundert auf dem Buckel haben musste. Direkt über dem Bett, an der kahlen Mauer, hing ein Porträt, das einen blonden Mann zeigte, den Valentin aber noch nie gesehen hatte. Ernüchterung machte sich in ihm breit. Vermutlich gehörte die Mühle gar nicht seiner namenlosen Begegnung. Ohne es zu wollen, blieb sein Blick dennoch sekundenlang auf dem Gemälde haften. Beinahe schien es, als würden die Augen darauf leben, so wahrheitsgetreu hatte der Maler das Gesicht des jungen Mannes in Szene gesetzt. Der Blonde war hübsch, die Gesichtszüge beinahe makellos, aber er hatte auch etwas Beängstigendes, wenn nicht sogar Böses an sich.

Valentins Augen schweiften über den weißen Hemdkragen des Schönlings, der den blassen Hals halb bedeckte. Fast machte es den Anschein, als käme das Bild aus einer anderen Epoche.

Vermutlich wohnt hier ein Mann, der Porträts aus unterschiedlichen Zeitaltern sammelt, dachte Valentin unvermittelt, nachdem er ein paar Schritte weiter erneut einem Bild gegenüberstand. Es war etwas größer als das vorherige, und der Fremde darauf war ... der dunkelhaarige Schöne!

Wie versteinert blieb Valentin davor stehen und prüfte jeden noch so kleinen Zentimeter des vollkommenen Gesichts an der Wand. Ja, er war sich ziemlich sicher, dass es der Mann war, dem er neulich auf dem Friedhof begegnet war. Für einen Moment verharrte er regungslos und starrte den Fremden nur an. Erneut schien es, als würde auch dieser mit lebendiger Mimik aus dem Bild auf ihn herabsehen.

Valentin musste sich sammeln und atmete tief durch, als ihm an der Mauer, gleich neben dem Porträt, auffiel, dass ein hoher Torbogen in einen weiteren Raum führte. Wissbegierig ging er hindurch und kam in ein kleines Nebenzimmer, das nicht größer als eine Abstellkammer war. In einer Ecke stand ein schmaler, alter Tisch, auf dem sich ein fein polierter, silberner Armleuchter befand, dessen Kerzen entzündet waren. Valentin griff danach, als er neben sich einen hölzernen Abstieg entdeckte, der, wie er vermutete, wohl in einen Keller führte. Sollte er sich ganz einfach die Dreistheit herausnehmen, hinabzusteigen, um nachzusehen, was sich dort unten befand?

Gegen seinen Willen zog ihn irgendetwas magisch hinunter. Mit klopfendem Herzen entschied er sich, die ersten Treppen zu nehmen. Dabei konnte man bei jedem Schritt, den er machte, ein verräterisches Knarren der Holztreppe hören, sodass er sich plötzlich wie ein Einbrecher vorkam. Dennoch hielt es ihn nicht davor zurück, weiterzugehen.

„Was tun Sie da?", ertönte plötzlich eine raue Männerstimme hinter Valentin, die ihn fragend zurechtwies.

Erschrocken wandte er sich um und blickte in die kalten Augen eines Mannes, dessen komplettes Gesicht mit Narben versehen war.

„Ich ... ähm, ... ich ...", begann Valentin stockend, da er keine Ahnung hatte, wie er sich so schnell aus der Affäre schälen sollte. Es war offensichtlich, dass er unbefugt in ein fremdes Haus eingedrungen war.

„Ich wollte nur mal sehen, wie es sich in einer Mühle so lebt. Dabei wusste ich nicht, dass hier jemand wohnt", versuchte er sich etwas ungeschickt herauszureden. Doch zu seinem Erstaunen erwiderte der Hässliche nicht sofort etwas darauf, sondern glitt nur lüstern über seinen Körper, bevor er ihm wieder in sein Gesicht sah.

Ein nicht zu beschreibendes Gefühl sagte Valentin, dass er die Mühle auf schnellstem Wege verlassen sollte.

„Wer seid Ihr?", krächzte der Mann plötzlich aus seinen vernarbten Lippen und nahm Valentin noch genauer unter die Lupe.

„Ich bin der Kaplan aus dem Dorf", entgegnete dieser knapp, und für einen Moment kehrte gespenstische Stille ein.

„Und was führt Euch hier herauf?"

Valentin sah ihn beunruhigt an.

„Das sagte ich bereits. Ich wollte mich nur mal umsehen. Für mein unverschämtes Eindringen in Ihr Häuschen möchte ich mich natürlich entschuldigen ... Es war einfach nur töricht von mir", meinte er, während der Fremde ihn schmachvoll musterte. Ohne dass Valentin etwas dagegen unternehmen konnte, trat der Mann näher an ihn heran, streckte die linke Hand nach ihm aus und strich mit zwei Fingern über sein Gesicht, was Valentin vor Schreck auf der Treppe ein Stück zurücktaumeln ließ. Beinahe wäre er rücklings hinuntergefallen.

„Was soll das?", versuchte er sich verbal zu wehren. Dabei stieg ihm ein erbärmlicher Geruch in die Nase, der von dem Mühlenbewohner auszugehen schien, und er bemerkte, dass der Mann ihn mit großen Augen anstarrte und sich dabei vor Verlangen mit der Zunge die Lippen benetzte.

Wer war dieser seltsame Mensch? Und was wollte er von ihm?

Noch immer hielt der Unbekannte die Hand nach ihm ausgestreckt, dabei fiel dem jungen Priester zum ersten Mal die völlig durchlöcherte Hose auf, die dieser auf dem Leib trug. Der Narbengesichtige schien tatsächlich in ärmsten Verhältnissen zu leben.

Augenblicklich senkte der Fremde die Hand.

„Es wird gleich dunkel, Priester!", sprach er in einer rauen Tonart, ohne dabei Valentins Blick aus den Augen zu lassen.

„Ich hatte gerade vor, zu gehen, und entschuldigen Sie bitte noch einmal meine freche Aufdringlichkeit!"

Ohne zu zögern, rannte Valentin die Treppen hoch, drückte dem Mann den Leuchter in die Hand und ergriff die Flucht. Doch noch ehe er den Ausgang erreicht hatte, überholte dieser ihn und öffnete noch vor ihm die Tür.

Als Valentin endlich draußen war und sich bereits auf dem Waldweg befand, sah er sich noch ein einziges Mal um, doch der Entstellte hatte die Tür zur Mühle schon wieder verschlossen. Erleichtert atmete er auf, doch sein Herz klopfte immer noch schnell. Noch nie hatte er so etwas Unheimliches erlebt. Auch wenn Angela ihm mit ihrer überschwänglichen Art teilweise den letzten Nerv raubte, so musste er ihr wenigstens diesbezüglich beipflichten, dass der Ort, an dem die Mühle stand, tatsächlich sehr unheimlich war.

Gedankenversunken lief Valentin den von Wurzeln übersäten Waldweg hinunter, als er plötzlich in den Baumkronen ein seltsames Zischen und Raunen vernahm. Erschrocken blieb er stehen und sah sich bedachtsam um. Doch so sehr er auch in das Untergehölz des Waldes hineinhorchte, er vernahm nur das Rauschen des Windes. Als er jedoch den Weg fortsetzte, ertönte erneut ein seltsames Geräusch, das ihm durch Mark und Bein ging.

Valentins Schritte beschleunigten sich, und die unheilvollen Laute schienen ihm zu folgen und immer näher zu kommen. Dazu kam, dass die Dunkelheit unweigerlich über den Wald hereinbrach. Der Mond war bereits am Himmel zu sehen, und Valentin wollte nur noch sicher das Tal erreichen. Als Priester fürchtete er sich weder vor dem Tod noch vor anderen Hirngespinsten, an welche die verschrobenen Dorfbewohner glaubten, aber die bizarre Umgebung, in der er sich momentan befand, machte ihm auf unerklärliche Art und Weise trotzdem zu schaffen.

Ein Knacken eines Astes im Untergehölz riss ihn erneut aus den Gedanken und ließ ihn abermals aufgeregt hinter sich sehen. Doch nichts. Als er jedoch den Blick wieder nach vorne wandte, um sich weiter auf den holprigen Weg zu konzentrieren, stand unerwartet jener Mann mit dem Narbengesicht vor ihm und starrte ihn mit einem derart erbärmlichen Ausdruck an, den Valentin noch nie an einem Menschen gesehen hatte - der Blick eines hungrigen Raubtiers!

„Was soll das? Warum verfolgen Sie mich? Gehen Sie mir aus dem Weg!“, fuhr Valentin ihn schroff an. Doch er erntete nur einen gierigen Blick von dem Unheimlichen.

Sekunden passierte nichts. Dann ging auf einmal alles viel zu schnell. Kalte Hände legten sich um seine Kehle. Ein kräftiger Druck schnürte ihm die Luft zum Atmen ab. Valentin versuchte sich zu wehren, doch es war zu spät. Unweigerlich sank er in die Knie, als er auch schon ihn Ohnmacht fiel.

6

Das Holz im steinernen Kamin knisterte leise vor sich hin, während Bastian den Kerzenleuchter mit drei entzündeten Kerzen näher an das Gesicht des blonden Mannes heranführte, welcher bewusstlos und vollkommen entkleidet auf dem roten Laken seines Bettes lag.

„Wie kommt er hierher?“, knurrte er seinen Diener an, der am Fußende neben dem Bett stand und den jungen Eindringling gierig anstarrte.

„Ich habe ihn in der Mühle überrascht, als er gerade dabei war, nach unten ins Gewölbe vorzudringen ...“, antwortete der Lakai.

„Und was macht er dann noch hier?“, fuhr Bastian diesen unwirsch an, während er gleichzeitig mit dem Kandelaber den Körper des jungen Mannes beleuchtete. Sofort verspürte er ein verlangendes Ziehen in der Lendengegend, als er den Schönling im Bett schlafen sah. Einen derart ansehnlichen Körper hatte er lange nicht mehr gesehen – der attraktive, haarlose Oberkörper, die leicht gebräunte Haut und das blonde Haar, welches weich auf das rote Kopfkissen fiel, betörten ihn auf sinnliche Weise.

„Ich lauerte ihm auf, als er zum Dorf zurückkehren wollte ...“, zischte der Vernarbte und wollte mit seinen ungepflegten Fingern bereits nach dem Jüngling greifen, als Bastian ihn mit einem wütenden Blick in die Schranken wies. „Noch bist du kein richtiger Vampir, vergiss das nicht! Nur weil du vor langer Zeit die Ehre hattest, den Fürsten persönlich kennenzulernen, heißt das noch lange nicht, dass er dich auch zu einem seiner Untertanen erhebt!“

Wie ein kriechender Wurm, der seinen Todbereiter um Gnade anfleht, sank der Untertan plötzlich vor Bastian zu Boden und faltete die Hände vor der Brust zusammen, als wollte er ein Stoßgebet gen Himmel senden.

„Ich wollte doch nur ...“, winselte er sklavenhaft und unterbrach sich. „Bitte erzählt es nicht dem Fürsten!“

Bastian verdrehte völlig genervt die Augen.

„Du widerst mich an, und dein bestialischer Gestank ist kaum zu ertragen. Mach das nie wieder! Du stürzt uns alle ins Verderben!“, wütete er. Für einen Moment herrschte Stille, bevor sich Bastian erneut zu Wort meldete. „Und warum ist er nackt? Was hast du mit ihm gemacht, du Scheusal?“

„Nichts! Glaubt mir, ich habe ihm nichts getan!“, schwor der Mann.

Bastians Augen schweiften kurz über das Gesicht des Blonden, als er sich wieder dem ungehorsamen Diener zuwandte und mit einem eindringlichen Blick stumm eine ausführliche Antwort einforderte.

„Da sein Gewand nach Weihrauch roch, habe ich ihn entkleidet - nichts weiter, das müsst Ihr mir glauben!“, verteidigte dieser sich.

„Ich muss gar nichts!“, grollte Bastian. „Und ... weiter?“

„Ich habe ihn nicht angerührt, aber ich gebe zu, sein Blut duftet ... so ...“

„Verführerisch ... rein!“, fiel Bastian ihm ins Wort und hob den Kopf etwas an. Seine Nasenflügel bebten vor Wonne. Der ganze Raum war erfüllt von appetitlichem Menschenblut. Er konnte nur hoffen, dass Tamber jetzt nicht auftauchen würde.

„Verschwinde augenblicklich und bring uns nie wieder wissentlich in Gefahr!“, fuhr er den Gehilfen übergangslos und bedrohlich an, als dieser sich auch schon wie ein reumütiger Hund erhob und sich aus der Mühle verzog.

Stille kehrte in das Backsteinhäuschen ein, einzig das leise Knistern des Holzes im Kamin war zu hören. Bastian stellte den Kandelaber auf den Boden neben das gusseiserne Bettgestell und setzte sich auf die Bettkante. Ja, er erkannte ihn wieder! Es war der junge Priester mit dem engelsgleichen Gesicht, von dem er seit ihrem ersten Treffen nicht mehr aufgehört hatte, zu träumen.

Warum hatte der Geistliche es gewagt, die Mühle zu betreten? War er etwa gekommen, um Tamber und ihn zu vernichten? Welchen Grund hätte er sonst gehabt, sich in diesen unheimlichen Wald, der sich noch dazu auf einer einsam gelegenen Anhöhe befand, zu begeben?

Nachdenklich fuhr Bastian sich mit der rechten Hand durch das schwarze Haar. Zu gerne hätte er die weiche Haut des Schönlings mit den Fingerkuppen berührt, er unterließ es jedoch, auch wenn das Blut des Mannes seine Sinne regelrecht betörte.

Neugierig streiften seine hellwachen Augen über den atemberaubenden Körper und blieben bedacht an dessen glatt rasiertem Schambereich hängen. Der hellhäutige Penis, der schlaff auf den Hoden ruhte, brachte ihn ganz schön aus der Fassung!

Bastian verspürte auf einmal ein angenehmes Pulsieren im Schritt. Um sich abzulenken, begutachtete er die langen, schlanken, aber mit leichten Muskeln versehenen Beine seines Besuchers. Erst nach einer Weile, nachdem er den Leib lange und aufmerksam genug betrachtet hatte, machte er sich Sorgen um den Theologen, der noch immer nicht erwacht war.

Im selben Moment jedoch bemerkte er ein leichtes Zucken der noch geschlossenen Augen. Bastian beruhigte sich. Es würde noch etwas dauern, bis der Pfarrer wieder vollständig zu sich käme. Er fragte sich währenddessen, wie alt der Priester sein mochte. Der Blondschopf sah noch sehr jung aus, musste aber, wenn er ein Theologiestudium absolviert hatte, mindestens Mitte zwanzig sein.

Wieder glitten Bastians Augen über den einladenden Leib vor sich. Das blendende Aussehen des Geistlichen brachte ihn beinahe um den Verstand. Zudem besaß dieser eine immense Ausstrahlung, die Bastian noch nie an einem anderen Mann aufgefallen war - und Bastian hatte in seinem jahrhundertelangen Dasein wahrhaftig viele Männer kennengelernt. In seiner Fantasie stellte er sich bereits vor, den blonden Adonis lachen zu sehen. Es musste erfrischend sein, diesen quietschvergnügt an seiner Seite beobachten zu können.

Doch was dachte er da eigentlich?

Der Kleine war ein Diener der Kirche, einer, der ihm vermutlich - und das war sicher nur eine Frage der Zeit - nach dem Leben trachtete! Eigentlich müsste er ihn dafür hassen und zu seinem Feind deklarieren. Doch konnte er das?

Unweigerlich musste Bastian sich eingestehen, dass er bei dessen Anblick alles andere als Abscheu empfand ...

Sekunden verstrichen, ehe er plötzlich bemerkte, wie der junge Pfarrer die Augen seufzend zusammenkniff, als würde er Schmerzen erleiden. Vorsichtig erhob Bastian sich und schritt zum Kopfende, um den Hals des ungebetenen Gastes genauer zu inspizieren. Doch glücklicherweise konnte er keine Wunden erkennen.

Für einen Moment hatte er sich bereits dabei ertappt, seinen Diener zu beschuldigen. Guten Gewissens konnte er diesen Gedanken jedoch wieder verwerfen. Reeper hätte es nicht überlebt, hätte er den Priester auch nur einmal berührt oder von dessen süßlichem Blut gekostet! Demzufolge hatte dieser es wohl auch nicht gewagt.

Im selben Augenblick drang wieder der angenehme Duft des Blutes in Bastians Nase, was es nicht unbedingt leichter für ihn machte. Es war schwer, dem schier verlockenden Drang zu widerstehen, von der pulsierenden Halsschlagader des Kirchenzöglings zu kosten. Dennoch gelang es ihm, sich zu beherrschen.

„Wo bin ich?“, wisperte Valentin plötzlich, als er seine Augen verlangsamt aufschlug. Sogleich sah er erschrocken an seinem vollkommen entblößten Körper hinab. Was war geschehen? Sein Kopf dröhnte, und er fühlte sich wie gerädert. Verunsichert blickte er sich im Raum um.

Die Mühle! Er befand sich erneut im Mühlenhaus, auch wenn er geglaubt hatte, sich längst von diesem entfernt zu haben. Schleierhaft fiel es ihm wieder ein: Der hässliche Mann mit den Narben war ihm gefolgt und hatte ihn in seine Gewalt gebracht ... und entkleidet! Schamesröte überzog sofort sein Gesicht, und verlegen legte er schützend die Hände vor sein Geschlecht.

Bastian versuchte währenddessen, in die Gedankenwelt des Priesters einzudringen, als sich kurz darauf ein belustigtes Schmunzeln um seine Lippen legte. Der blonde Schönling war sich seiner Nacktheit bewusst geworden und schämte sich nun maßlos für die unfreiwillige Entblößung!

„Wo sind meine Kleider?“, giftete Valentin schließlich.

„Es gibt nichts, was ich nicht schon gesehen hätte!“, erwiderte Bastian frech und schritt dabei aufmerksam neben dem Bett auf und ab.

„Bei der Gelegenheit - als meinen Gast heiße ich dich recht herzlich in meinem bescheidenen Heim willkommen!“, fügte er sanft hinzu und machte eine galante Verbeugung in den Raum hinein.

„Behandelt man so einen Gast?", konterte Valentin barsch, der sich davon wenig beeindrucken ließ. Etwas ungeschickt versuchte er, sich im Bett aufzurichten, während er mit den Händen noch immer schützend sein Geschlecht bedeckte. Ihre Blicke begegneten sich, und Valentin fielen erneut diese Wahnsinnsaugen auf, die ihn bereits auf dem Friedhof verzaubert hatten. Unwillkürlich schweifte sein Blick über den athletischen Körperbau des Fremden, als sich völlig ungebeten sein Penis zu Wort meldete, der sofort hart anschwoll. Beschämt ließ er es über sich ergehen. Dass dem Dunkelhaarigen das peinliche Malheur ebenfalls nicht entgangen war, konnte er an dessen Mimik sehen. Der unverschämte Blick sprach Bände!

Nichtsdestotrotz schleppte Valentin sich mit pochenden Kopfschmerzen aus dem Bett und versuchte sich krampfhaft an dem gusseisernen Bettpfosten festzuhalten. Zum Glück hatte seine Erektion mittlerweile nachgelassen. Da er jedoch auf die Schnelle nichts zum Anziehen fand, griff er hastig nach dem roten Satin-Laken und wickelte es sich um die schmalen Hüften, was Bastian mit großer Aufmerksamkeit beobachtete. Erst jetzt wurde diesem klar, dass er Valentin noch eine Antwort schuldete.

„Nicht jedem Gast, der sich hierher verirrt, kommt auch so viel Fürsorglichkeit zu", heuchelte er sarkastisch.

Valentin sah sein Gegenüber forschend an.

„Fürsorglichkeit? Soll ich mich etwa dafür bedanken, dass man mich gegen meinen Willen zurück in die Mühle gebracht hat?" Eigentlich hatte er so etwas Unhöfliches nicht zu dem Mann, den er insgeheim begehrte, sagen wollen. Aber was zu viel war, war zu viel!

Bastian musterte den mit leichten Muskeln bepackten Oberkörper des aufgebrachten Geistlichen, als er erneut in dessen Gedankengänge eindrang und darin las, was dieser in Wahrheit über ihn dachte. Sogleich versetzte es ihm einen undefinierbaren Hieb mitten ins Herz. War der junge Priester doch nicht in dem Bestreben heraufgekommen, Tamber und ihn zu vernichten? Hatte er ihm etwa unrecht getan?

„Deine Kleidung – mein Diener musste dich entkleiden, da dein Gewand nach Weihrauch roch. Du musst wissen, ich vertrage diesen Geruch nicht besonders ...“, drang es nach einer Weile aus Bastians Mund.

Valentin starrte den Fremden für den Moment einer Sekunde wortlos an. Was hatte das nun wieder zu bedeuten?

„Was hat dich tatsächlich zu mir heraufgeführt?“, bohrte Bastian dann plötzlich und übergangslos weiter nach, ohne den jungen Pfarrer aus den Augen zu lassen. „Mein Name ist übrigens Bastian Graf von Werlenberg“, fügte er etwas leiser hinzu.

Valentin nickte misstrauisch. „Valentin. Ich bin ...“

Bastian fiel ihm hektisch ins Wort.

„Ich weiß, wer du bist! Hast du unsere flüchtige Begegnung auf dem Friedhof denn schon wieder vergessen?“, erwiderte er zynisch.

Valentin schüttelte den Kopf. „Nein, natürlich nicht - ich erkannte dich sofort wieder ...“

Erneut entstand eine Pause, die Valentin mehr als unangenehm empfand.

„Wer bist du?“, hauchte er dann über seine Lippen.

Bastian kam ein paar Schritte näher, um Valentin tiefer in die Augen sehen zu können. Der Priester wurde sofort wieder nervös. „Wer glaubst du denn, dass ich bin?“

„Lass dieses alberne Spiel!“, murrte Valentin ärgerlich, bevor er hastig weitersprach. „Man entführt mich und hält mich dann in dieser eigenartigen Mühle fest. Sag mir, was soll ich deiner Meinung nach Großartiges von dir halten?“

Bastians Gesichtszüge verhärteten sich augenblicklich.

„Niemand hält dich hier gefangen! Es steht dir vollkommen frei, mein bescheidenes Heim jederzeit zu verlassen!“, brummte er.

Valentin konnte einen unterschwelligen Ton in der beleidigten Stimme mitschwingen hören, der ihm ganz und gar nicht gefiel, dennoch wagte er es, Bastian eine weitere Frage zu stellen, die ihm längst auf den Lippen brannte.

„Warum nur fürchtet sich das ganze Dorf vor dir?“

Bastian horchte mit einem Mal gebannt auf. Fast machte es den Anschein, als hätte Valentin einen wunden Punkt getroffen, denn Bastians Gesicht schien plötzlich wie eingefroren. Doch selbst die konturlose Erscheinung löste in Valentin ein seltsames Verlangen aus. Bastian war wunderschön, und am liebsten hätte er ihn sofort berührt, doch der Gedanke ließ ihn auch erschaudern. Er war ein Geistlicher!

„Woher willst du wissen, dass man mich im Dorf fürchtet? Vielleicht ängstige ich mich ja genauso vor diesen verschrobenen Einwohnern, die nichts Besseres zu tun haben, als mich an den Pranger zu stellen“, antwortete Bastian barsch. „Was weiß dieses burleske Volk da unten schon vom Leben!“, fügte er noch wütender hinzu.

Für einen Moment ertappte Valentin sich dabei, so etwas wie Mitleid für den Einzelgänger zu empfinden. Was, wenn es sich tatsächlich so verhielt? Dass kleine Dörfer gerne einen Sündenbock suchten, war schließlich nichts Neues!

„Wieso lebst du dann so ganz abgeschieden hier oben?“, tastete er sich vorsichtig voran.

„Warum bist *du* Priester geworden?“ konterte Bastian trotzig. Schon wieder stieg ihm der wohltuende Duft des jungen Geistlichen in die Nase und berauschte seine Sinne angenehm.

Valentin beobachtete Bastian haargenau. Er kannte dieses seltsame, wenn nicht sogar unheimliche Verhalten, das ihm bereits auf dem Friedhof aufgefallen war. Es war genau jenes Verhalten, das ihn beunruhigte, sodass er sich kurzerhand dazu entschloss, der Mühle den Rücken zu kehren.

„Ich denke, es ist besser, wenn ich jetzt gehe."

„Ja, das wird wohl ... das Beste sein", erwiderte dieser. Plötzlich schien er kraftlos und müde.

Valentin wurde den Eindruck nicht los, dass der geheimnisvolle Mann körperlich erschöpft war, konnte jedoch nicht sagen, woran es lag. War Bastian etwa krank? War das der Grund, warum er hier oben ein Einsiedler-Dasein fristete?

Ein schlechtes Gewissen überkam ihn sogleich. War es nicht seine Aufgabe, den Menschen beizustehen? Er müsste sich um Bastian kümmern! Vielleicht hatte dieser ja wirklich nichts mit dem Ungeheuer zu schaffen, das ihm zunächst aufgelauert und ihn dann entführt hatte.

Bastian konnte die Gedanken des schönen Priesters lesen. Er war hin und weg von Valentin, dennoch musste er zusehen, dass dieser so schnell wie möglich von hier verschwand. Es fiel ihm immer schwerer, seiner Blutgier Einhalt zu gebieten. Er wollte dem Theologen nicht wehtun, wollte nicht, dass dieser ein Opfer seines barbarischen Blutdurstes wurde. Nicht der blonde Engel, den Gott ihm gesandt zu haben schien!

„Draußen ist es … dunkel", stellte Bastian mit mittlerweile wieder geglätteten Gesichtszügen fest. Sein kurzer Ausrutscher schien nie bestanden zu haben.

Er konnte nicht zulassen, dass der schöne Priester mutterseelenallein durch den nächtlichen Wald zum Dorf hinunterschlenderte. Was wusste der unerfahrene Geistliche schon um die Gefahren, denen er sich nachts aussetzte?

„Ja, und weiter?", entgegnete Valentin, da er es satthatte, schon wieder mit dem Wort Dunkelheit konfrontiert zu werden, ohne zu erfahren, was es damit auf sich hatte.

„Du solltest dich nächtens von solch düsteren Pfaden fernhalten“, versuchte Bastian es erneut und beobachtete dabei jede Regung Valentins, der mit seiner unwiderstehlichen Ausstrahlung völlig verkrampft vor ihm stand.

Für einen raschen Herzschlag glaubte Valentin, ein aufflammendes Lodern in den Augen des Dunkelhaarigen gesehen zu haben, doch er hielt es für eine Lichtspiegelung. Etwas anderes war nicht möglich. Die ganze Situation war ihm mittlerweile mehr als unangenehm. Halb nackt stand er noch immer vor Bastian. Wieder suchte ihn Beschämung heim. Seine Wangen glühten vor aufsteigender Hitze.

„Reeper!“, rief Bastian plötzlich mit bestimmter Stimme, als auch schon wenige Sekunden später der Mann mit dem Narbengesicht die Mühle betrat und vor Valentin stehen blieb. „Du wirst meinen Gast sicher nach unten in sein Heim geleiten, haben wir uns verstanden?“

Reeper stand in lumpenhafter Kleidung vor seinem Herrn und starrte mit klaffendem Mund auf Valentin, der aus Unsicherheit einen Schritt vor der hässlichen Gestalt zurückgewichen war.

„Mit dem gehe ich nicht mit!“, erwiderte er völlig überrumpelt.

„Ein Priester, der Angst vor mir hat – wie ergötzend!“, grinste der Dienstbote bösartig und verzog das Gesicht zu einer erbärmlichen Fratze, die Valentin kurz erschaudern ließ.

„Ich habe keine Angst vor Ihnen!“, entgegnete er dennoch unwirsch, da er die Furcht nicht zeigen wollte. „Außerdem kenne ich den Weg. Ich brauche also niemanden, der mich hinabbegleitet!“, machte er unmissverständlich klar.

„Reeper! Haben wir uns verstanden?“, wiederholte Bastian, Valentins Worte ignorierend, mit wütendem Blick, welcher Reeper für den Bruchteil einer Sekunde in sich zusammenfahren ließ, was auch Valentin nicht entging. Bastian verstand es anscheinend sehr gut, das Narbengesicht zu dominieren.

„Gib ihm seine Kleidung zurück und bring ihn sicher zum Pfarrhaus!“, befahl er abermals.

„Ja, ich werde mich daran halten“, erwiderte Reeper dieses Mal mit geneigtem Haupt.

Bastian wandte sich erneut an Valentin. „Glaube mir, ich will nur dein Bestes! Reeper wird dir nichts mehr tun, das verspreche ich dir. Und ich halte meine Versprechen!“

„Was kann so schlimm sein, dass sich jeder in diesem Dorf vor der Nacht fürchtet? ... Ich liebe die Nacht, ich habe keine Angst vor ihr“, erklärte Valentin kopfschüttelnd.

Bastian horchte gebannt auf. Der blonde Engel liebte die Nacht, während *er* sie zeitweise verfluchte? War das möglich? Kurz war er versucht, die Worte laut auszusprechen, behielt sie dann jedoch lieber für sich. Der Priester würde nur dumme Fragen stellen, Fragen, die ihn in eine Zwickmühle brächten. Trotzdem erlag Bastian dem Gedanken, sich mit der Vorstellung anzufreunden, auch wenn er ihm ziemliches Unbehagen bescherte. Der Schönling war Priester! War er bereit, diese Gefahr einzugehen?

„Glaube mir, es ist besser für dich, nachts nicht aus dem Haus zu gehen“, wiederholte Bastian mit ernstem Gesichtsausdruck.

„Ich denke gar nicht daran!“

Der Pfarrer war widerspenstiger, als Bastian zunächst angenommen hatte. Zunehmend fand er Gefallen daran.

Sekunden verstrichen, in denen sich die beiden Männer einfach nur in die Augen sahen, was Valentin zusehends in Verlegenheit brachte. Er musste dringend von hier weg!

Dann geschah etwas, mit dem er nicht gerechnet hatte: Bastian trat unerwartet ganz nahe an ihn heran, sodass sich ihre Körper beinahe berührten. Der Blick, den Bastian ihm dabei schenkte, war atemberaubend. Ein berauschendes Gefühl durchflutete Valentins Leib. Er spürte eiskalte Hände auf seiner nackten Haut, die ihn zärtlich berührten, während sich von einer Sekunde zur nächsten ein seltsames Müdigkeitsgefühl in seinen Körper schlich. Irgendetwas passierte soeben mit ihm. Valentins Augenlider hielten dem betörenden Blick nicht mehr länger stand. Seine Knie wurden weich. Unwillkürlich sank er zu Boden und spürte, dass ihn jemand sanft auffing, so, als würde er schweben.

7

Als Valentin am nächsten Morgen erwachte, lag er in seinem Bett im Pfarrhaus. Was war geschehen? Er fühlte sich wie gerädert. Für einen Moment dachte er darüber nach, ob alles nur ein Traum gewesen war. Doch konnte sich ein Traum wirklich so real anfühlen, oder hatte er sich tatsächlich in der Mühle befunden?

Irgendwie konnte er sich nur verschwommen an den gestrigen Spätnachmittag erinnern. Beinahe zwanghaft versuchte er, den vergangenen Tagesablauf in Gedanken noch einmal Revue passieren zu lassen. Doch so sehr er sich auch anstrengte, er kam einfach auf keinen grünen Nenner, sodass er sich entschloss, das Bett zu verlassen und vorerst eine warme Dusche zu nehmen. Er musste seinen Kopf schleunigst auf andere Gedanken bringen, nur so würde es ihm gelingen, den dunkelhaarigen Schönen, der ihn nun auch schon in seinen Träumen verfolgte, wieder aus dem Gedächtnis zu verbannen!

„Sie sehen so nachdenklich aus. Ist auch wirklich alles in Ordnung?", wollte Angela etwas später von ihm wissen, während sie gerade dabei war, das Frühstücksgeschirr abzuwaschen.

„Alles bestens!", erwiderte Valentin knapp und wollte die Küche bereits verlassen, als Angela ihm noch hinterherrief: „Wie war eigentlich Ihr gestriger Spaziergang?"

Valentin zuckte unvermittelt zusammen. „Welcher ... Spaziergang?"

Etwas verwundert blickte Angela ihn an. „Na, mein Mann hat sie doch gestern am späten Nachmittag in den Wald gehen sehen. Ich hoffe, Sie haben sich an meinen Ratschlag, sich von der Mühle fernzuhalten, gehalten!?“

Er sah sie sprachlos an. Sollte das bedeuten, dass es doch kein Traum gewesen war und er tatsächlich die Mühle betreten hatte? Er war sich plötzlich nicht mehr sicher, was real war und was nicht. Doch je mehr er sich zwang, darüber nachzudenken, desto klarer wurde die bewusste Erinnerung an das Erlebte in der Mühle. Warum bekam er auf einmal dieses starke Herzklopfen, wenn er an das einsam gelegene Haus und an einen gewissen Bewohner darin dachte?

8

Bastian befand sich in der alten Wassermühle und dachte angestrengt nach. Was Valentin wohl gerade machte?

Das gute Aussehen des blutjungen Priesters blendete ihn, und die eismeerblauen Augen ließen ihn einfach nicht mehr zur Ruhe kommen.

„Ich könnte schwören, dass hier ein Mensch war. Es riecht einfach zu verführerisch nach frischem, süßlichem Blut!“, stellte Tamber fest, hob den Kopf an und sog die Luft mit geschlossenen Augen in seine vor Lust bebenden Nasenflügel. Der Geruch stammte eindeutig nicht von dem Fremden im Keller, den er mitgebracht hatte.

„Was für ein Unsinn! Ich wittere überhaupt nichts!“, erwiderte Bastian schroff, ohne ihn dabei eines Blickes zu würdigen. Seltsamerweise nahm er neben Valentins Eigenduft aber auch den eines Unbekannten wahr.

Überrascht über diese Bemerkung, öffnete Tamber seine Augen. „Du verhältst dich seit einiger Zeit etwas sonderbar. Kann es sein, dass du etwas im Schilde führst, das du mir bisher – aus welchen Gründen auch immer - verschwiegen hast?“

„Warum sollte ich so etwas tun?“ Bastians Blick war lustlos, und in seinen Augen spiegelte sich eisige Kälte wider.

„Du warst neulich im Dorf, nicht wahr?“, fragte Tamber misstrauisch weiter, als er Bastian einer genauen Musterung unterzog. „Und ich frage mich, was der Anlass deines

Besuches gewesen sein könnte. Wir haben schließlich eine Abmachung, die besagt, dass wir uns nur aus reinem Jagdinstinkt heraus in die umliegenden Dörfer begeben."

Bastian hatte nicht vor, sich zu rechtfertigen und schwieg.

„Die Alte! Sie könnte uns in große Schwierigkeiten bringen, wenn sie dich sieht", betonte Tamber mit blitzenden Augen. „Und erst recht dieser neue Priester ..." Er machte einen angewiderten Gesichtsausdruck, der nichts Gutes erahnen ließ.

Bastian wandte sich abrupt um und blickte Tamber nun geradewegs ins Gesicht. „Was hat der Priester damit zu tun? Ich glaube nicht, dass er uns gefährlich werden könnte. Zumindest vorerst nicht."

„Du hast dich also auf dem Friedhof herumgetrieben? ... Ich hatte es neulich in deinen Gedanken gelesen ... Wie ist er denn so? Ist er so mürrisch wie sein Lehrer, unter dessen Fuchtel er steht?"

Bastian überlegte für einen Moment. „Er ist ein hässlicher Mann, der nur mit sich selbst und seinen Schäfchen beschäftigt zu sein scheint. Ein richtiger Pfaffe eben."

Tamber horchte gebannt auf. Da war etwas, was Bastian ihm verschwieg, es war ihm aber unmöglich, dessen Gedanken zu erkunden. „Warum lässt du mich plötzlich nicht mehr an deiner Gedankenwelt teilhaben?", wollte er deshalb mit zu Schlitzen verengten Augen etwas überreizt wissen. Es machte ihn wütend. Früher hatte Bastian seine Gedanken nie vor ihm geheim gehalten. Doch vieles hatte sich geändert. Auch sonst hatte Tamber festgestellt, wurden Bastian Dinge zuteil, die *ihm* vorenthalten blieben. Unter anderem war der Freund in der Lage, sich selbst zu heilen. Dabei spielte es keine Rolle, wie schwer verletzt er war - es blieben einfach keine Narben zurück!

Natürlich war auch Tamber imstande, seinen Körper selbst zu regenerieren, aber es dauerte um einiges länger als bei Bastian. War die Verletzung zu schwer, so konnte es durchaus passieren, dass er kleine Schrammen davontrug oder sogar elendiglich daran zugrunde ging.

„Wo hast du dich überhaupt die ganze Zeit herumgetrieben?“, wechselte Bastian übergangslos das Thema.

„Ich war ...“, der blonde Vampir machte eine kurze Pause, ehe er weitersprach, „... in einem Männer-Bordell und habe dir ein wertvolles Geschenk mitgebracht. Es befindet sich unten im Gewölbe. Du musst es nur noch auspacken“, grinste Tamber vielsagend in sich hinein. Vergessen schien auf einmal die Wut auf seinen Freund.

Bastians Gesichtszüge glätteten sich amüsiert. Jetzt dämmerte ihm, woher der Duft kam. „Wie komme ich zu diesem außerordentlichen Geschenk?“

„Du bist es mir wert, Bastian. Ich merke doch seit geraumer Zeit, dass dir unser Liebesleben keinen richtigen Spaß mehr bereitet. Deshalb wollte ich dir eine kleine Abwechslung gönnen“, feixte er frech. Er wollte Bastian nicht verlieren, deshalb war ihm jedes Mittel recht, diesem eine lustvolle Befriedigung zu bescheren; schließlich wusste er, Bastian war kein Kind von Traurigkeit! Auch wenn sich im Moment kein anderer Mann in ihrer Nähe aufhielt, der sich Bastian an den Hals hätte werfen können, so traute er dem vermeintlichen Glück nicht wirklich. Zudem kam, dass Bastian sich in den letzten Tagen zusehends von ihm zurückgezogen hatte.

Tamber konnte nur mutmaßen, woran es lag, doch so sehr er sich auch den Kopf darüber zermarterte, Bastian ließ ihn im Moment nicht in seine Gedankenwelt eindringen. Was enthielt er ihm nur vor?

Sie hatten doch noch nie Geheimnisse voreinander gehabt! Nicht in all den Jahrhunderten, in denen er an Bastians Seite um die Welt gezogen war! Wenn Tamber ehrlich zu sich selbst war, wusste er, dass er Bastian eigentlich immer geliebt hatte, was er von diesem jedoch nicht behaupten konnte. Bastian mochte ihn, ja, doch empfand dieser nach der langen Zeit, in der er um dessen Gunst buhlte, auch dasselbe für ihn?

Mit gemischten Gefühlen erinnerte Tamber sich an verschiedene Epochen zurück. Zum Beispiel an den kaiserlichen Hof in Wien, wo Bastian mit den schönsten jungen Männern ein- und ausgegangen war. Schon damals hatte er, Tamber, nur eine mindere Rolle gespielt. Doch er hatte es hingenommen, da er selbst ebenfalls gerne seinen Vergnügungen nachgegangen war. Die Beuteauswahl am imperialen Hof war schließlich groß genug gewesen.

Bastian hatte sich schon immer das genommen, was er wollte, ohne dabei die Gefühle anderer zu berücksichtigen. Könnte es also sein, dass ein Mann dahintersteckte?

Auch wenn Tamber sich Bastians Liebe bis heute nicht sicher sein konnte, so hatten sie stets guten Sex gehabt. Doch neuerdings fand Bastian auch daran keinen Spaß mehr, zumindest glaubte Tamber, das zu erahnen. Wie lange hatten sie nicht mehr miteinander geschlafen?

Er vermisste die Berührungen Bastians auf seiner Haut, die sanften und gleichzeitig ungestümen Stöße, mit denen dieser ihn jedes Mal zum rauschenden Höhepunkt gebracht hatte ...

Bastian schien für einen Moment genau abzuwägen, was er tun sollte. Seine Lust nach gutem Sex war da, keine Frage, aber warum verschaffte Tamber ihm ausgerechnet jetzt diese Abwechslung? Was versprach er sich davon?

Schließlich machte Tamber nie etwas umsonst, schon gar nicht, wenn es darum ging, ihr Liebesleben, wie dieser es zu nennen pflegte, auf Vordermann zu bringen.

Bastian überlegte stumm. Dann traf er eine Entscheidung. Er würde es sich nicht nehmen lassen, ein kleines Abenteuer zu genießen. Freudig schmunzelnd folgte er der verlockenden Einladung in die unterirdischen Krypten der Mühle.

9

Valentin war auf dem Weg zu Rose-Ann Gardner, die unbedingt mit ihm sprechen wollte.

Es war bereits später Nachmittag, und die Sonne hatte sich längst verabschiedet, als er in seiner schwarzen Amtskleidung vor dem kleinen Holzhaus ankam. Beim Betrachten des Häuschens fiel ihm auf, dass die Fensterläden bereits verschlossen waren. Der fast morsche Zaun, der die bescheidene Behausung umschloss, sah ebenfalls alles andere als einladend aus. Das Unkraut und die verwilderten Pflanzen in dem Garten trugen zudem dazu bei, dass man das Haus für unbewohnt hätte halten können. Doch Valentin wusste, dass darin eine alte Frau lebte, die ihn am Telefon eindringlich darum gebeten hatte, ihr, sobald es seine Zeit erlaubte, in ihrem einsamen Heim einen Besuch abzustatten. Zu seinem Erstaunen stand die Tür bereits offen, sodass er nur noch einzutreten brauchte.

„Frau Gardner, sind Sie da?"

Irgendwie fühlte er sich nicht wohl, da ihn das Eindringen in das Haus an sein fragwürdiges Verhalten bei der Mühle erinnerte. Doch schnell warf er die abschweifenden Gedanken wieder beiseite, da er - im Gegensatz zu dem Mühlenbesuch - auf ausdrücklichen Wunsch von Rose-Ann Gardner gekommen war.

„Kommen Sie etwas näher! Ich kann Sie ja kaum erkennen“, sprach unerwartet eine sich etwas kauzig anhörende Stimme, als er einen schmalen Flur betrat.

Valentin folgte der Stimme und schritt in einen kleinen Wohnraum, wo er eine Frau mit weißem Haar in einem Schaukelstuhl sitzend vor dem brennenden Kamin vorfand. In ihren Händen hielt sie eine Strickerei, und neben ihr lag in einem Holzkorb eine schwarze Katze, die Valentin mit scharfen Augen feindselig musterte. Höflich reichte er der Alten zur Begrüßung die rechte Hand.

„Sie sind also der junge Priester, von dem sich die Leute im Dorf das Maul zerreißen?“, fragte sie ihn.

Etwas verdutzt sah Valentin sie an. Mit dieser plumpen Ausdrucksweise hatte er nicht gerechnet. Überhaupt schien die Frau für ihr Alter ziemlich resolut zu sein und jeden Zentimeter von Valentins Körper genauestens einer Prüfung zu unterziehen, indem sie streng über ihren Brillenrand lugte. „Ja, Sie gefallen ihm, Sie passen definitiv in sein Beuteschema hinein!“, stellte sie sichtlich erschüttert und mit zusammengekniffenen Augen fest.

Valentin stand wie angewurzelt da. Wovon sprach sie bloß?

„Wie darf ich das verstehen, Frau Gardner?“, erkundigte er sich etwas verhalten. Erst jetzt wurde ihm bewusst, dass es sich bei der Dame vermutlich um die Alte handelte, von der Angela, seine Haushälterin, ihm erst neulich erzählt hatte.

Wahrscheinlich litt die Frau an Alzheimer oder einer anderen neurologischen Erkrankung - obwohl er sich eingestehen musste, dass sie, trotz dieser absonderlichen Aussage, nicht wirklich den Eindruck erweckte, verrückt zu sein.

„Sie haben bereits die Bekanntschaft mit ihm gemacht, nicht wahr? Er hat Sie auserkoren! Glauben Sie mir, er will

Sie besitzen!", hauchte sie ihm entgegen, sodass Valentin für einen Moment ganz anders zumute wurde.

„Von wem sprechen Sie, Frau Gardner?"

Sie wirkte mit einem Mal sehr nachdenklich.

„Setzen Sie sich!", befahl sie ihm und zeigte gleichzeitig mit ihrer rechten Hand auf einen Stuhl, der neben einem rustikalen Holztisch stand. Nickend folgte Valentin der Einladung, setzte sich und ließ seinen Blick kurz durch den fahl beleuchteten Wohnraum schweifen. Dabei fielen ihm die unzähligen, an den holzvertäfelten Wänden hängenden Kruzifixe auf. Als er seinen Blick wieder abwandte, sah er etwas verunsichert auf das weiße Tuch, das neben ihm auf dem Tisch etwas Rundes, vermutlich eine Art Kugel, zu bedecken schien. Valentin versuchte, sich nicht davon ablenken zu lassen und probierte es erneut, die Frau in ein Gespräch zu verwickeln. „Was haben Sie auf dem Herzen, Frau Gardner?"

„Hören Sie auf, mich permanent Frau Gardner zu nennen! Mein Name ist Rose-Ann ... Und außerdem – unterlassen Sie diese dämliche Fragenstellerei!", erwiderte sie kopfschüttelnd.

„Aber Sie haben mich doch angerufen!?"

„Ja, das ist richtig!"

„Und jetzt bin ich hier, um Ihnen zuzuhören." Valentin wurde das Gefühl nicht los, dass der alten Dame trotz ihrer Sturheit etwas auf dem Herzen lag. Ihrer Mimik zufolge wirkte sie verunsichert, sich ihm anzuvertrauen. Nur langsam schien das Eis zu schmelzen.

„Sie wissen es, nicht wahr? Angela Thorsten hat es Ihnen bestimmt bereits erzählt, dass ich die verrückte Alte bin, oder?", begann sie nun doch zögerlich.

Ihr Blick drückte etwas Niederschmetterndes aus, was in Valentin kurz Mitleid erregte. Er hielt sie nach wie vor nicht für verworren, aber er musste zugeben, dass sie ihm etwas durcheinander vorkam. Dennoch wollte er ihr die Wahrheit nicht vorenthalten.

„Nun ja, Angela hat mir von Ihnen erzählt, aber sie hat Sie nicht als verrückt beschrieben, ganz im Gegenteil. Und auch ich tue das nicht, Rose-Ann."

Misstrauisch hob sie ihren Kopf und sah ihm in die eismeerblauen Augen.

„Ich sprach vorhin vom dunkelhaarigen Schönen, den Sie kennengelernt haben. Er wird Sie in seinen Bann ziehen und Sie werden ihm willenlos ausgeliefert sein!", erklärte sie schließlich und wechselte abrupt das Thema.

Valentin schluckte trocken. *Bastian!*

„Sie waren neulich oben in der Mühle, nicht wahr?" Rose-Ann bemerkte die Unsicherheit in den Augen des jungen Priesters. „Sie können es mir ruhig sagen ...", ermutigte sie ihn weiter.

Als Valentin nicht gleich darauf antwortete, fuhr sie fort: „Er ist sehr gefährlich! ... Dieser Mann lebt schon seit langer Zeit in vollkommener Abgeschiedenheit dort oben in den Wäldern, aber er scheint nicht im Geringsten zu altern." Sie machte eine kurze Pause. „Als ich noch jung war, da hat mir meine Großmutter schon über den geheimnisvollen Mann erzählt - und später meine Mutter. Und jetzt sitze ich selbst hier und erzähle es Ihnen."

Valentin atmete tief ein und kurz darauf langsam aus. Es schien also tatsächlich zu stimmen, was Angela ihm berichtet hatte. Und anscheinend hatte sie mit keinem Wort übertrieben!

Eines machte ihn allerdings stutzig: Woher wusste sie, dass er bei Bastian in der Mühle gewesen war?

„Nun - ich habe von diesem ... Gerücht ... gehört. Allerdings möchte ich ehrlich zu Ihnen sein." Rose-Ann Gardner sah Valentin aufmerksam an, was ihn dazu veranlasste, sofort weiterzusprechen. „Ich denke einfach, dass es typisch für ein kleines Dorf ist, irgendwelchen Gerüchten – seien diese auch noch so absurd - Glauben zu schenken, ohne dass an diesen etwas Wahres dran sein dürfte."

Rose-Ann runzelte mürrisch die Stirn. „Sie müssen es mir aber glauben! Sie werden schon noch sehen, was er mit Ihnen anstellt! ... Am Anfang finden Sie ihn einfach nur attraktiv und unwiderstehlich, doch schon bald wird er die Hauptrolle in Ihren Träumen übernehmen und sich in Ihre Gedanken einschleichen, die er versuchen wird, zu lesen. Hat er erst einmal herausgefunden, dass er Sie mit seiner Ausstrahlung und seinem außergewöhnlichen Charme betören kann, hat er Sie da, wo er Sie haben will. Glauben Sie mir, Valentin, auch ich unterlag einst – wie viele andere Frauen und Männer - seinem bezaubernden Charme. Doch irgendetwas hat ihn immer nur zu den schönen Männern hingezogen - wenn Sie verstehen, was ich meine! ... Auch wenn das nicht zwingend bedeutet, dass ich ihm als Frau überhaupt nichts geben könnte ..."

Valentin sah sie überrascht und noch immer etwas verwirrt an. Er hatte ihre Anspielung auf Bastians Homosexualität sehr deutlich verstanden. Aber was hatte sie bloß mit dem letzten Satz gemeint? War Bastian etwa bisexuell? Ein Gedanke, der ihm ganz und gar nicht behagte.

Verunsichert versuchte er, sich wieder einigermaßen zu fassen. Es musste einfach aufhören, dass er sich wegen dieses Mannes scheinbar nicht mehr unter Kontrolle hatte. Auch wenn er Rose-Ann nur ungern beipflichtete, so musste er unweigerlich zugeben, dass Bastian tatsächlich eine derartige Faszination auf ihn ausübte, der er nur schwer zu widerstehen vermochte.

„So ein blonder, sehr gut aussehender junger Mann wie Sie, betört ihn! Er wird Sie fortan nicht mehr in Ruhe lassen - außer, Sie lernen, ihn nicht in Ihre Gedankenwelt eindringen zu lassen. Das ist sehr schwierig, jedoch durchaus möglich. Man muss es nur üben", erklärte Rose-Ann geduldig mit ehrlichen grauen Augen, die ihn erwartungsvoll ansahen.

Valentin erwiderte den Blick eine ganze Weile, ohne vorerst ein Wort über die Lippen zu bringen.

„Ich musste einmal mit jemandem darüber reden, verstehen Sie das, Priester? Ich weiß, dass die Leute im Dorf mich meiden, weil sie denken, ich sei verrückt, auch wenn Angela es nicht laut ausspricht. Aber sie hat sicherlich schon Andeutungen gemacht."

Valentin nickte aufmerksam. Das war also der wahre Grund, warum sie ihn in ihr Haus gebeten hatte. Sie hatte ausschließlich über Bastian sprechen wollen.

„Der Vorgänger von Pfarrer Eduard, der alte Priester Schwarz, hatte dem Dunkelhaarigen den Kampf angesagt. Schwarz hatte gedroht, ihn zu vernichten, doch letztendlich musste er sich aus Altersschwäche geschlagen geben. Dabei war er seit Jahrzehnten hinter ihm her ...", seufzte sie schwer.

„Rose-Ann, ich höre Ihnen gerne zu, aber ich glaube nicht an den Unsinn, der Mann würde scheinbar nicht altern. Und was den Vorgänger von Pfarrer Eduard, Herrn Schwarz, betrifft, so kann ich nur erahnen, dass er sich vom Aberglauben der hiesigen Dorfbewohner anstecken ließ. Anders kann ich es mir einfach nicht erklären. Hören Sie bitte auf, darüber nachzudenken. Es macht Sie nur mürbe und hält Sie davon ab, ein normales Leben zu führen." Als er den traurigen Blick in Rose-Ann`s Augen wahrnahm, fügte er vorsichtig hinzu: „Aber Sie können natürlich jederzeit mit mir sprechen, ich werde immer für Sie da sein und Ihnen zuhören."

Die alte Frau tat ihm leid. Anscheinend hatte sie sich dermaßen in diese Geschichte von dem ewig Junggebliebenen, der in der Mühle lebt, hineingesteigert, dass er das Gefühl nicht loswurde, es gäbe für sie kein anderes

Thema mehr. Vielleicht, so mutmaßte er, war sie einfach nur einsam, sodass ihr die absurden Gedankengänge Abwechslung boten, um sich von ihrem tristen Alltag abzulenken. Valentin nahm sich vor, sich weiter um die Dorfbewohnerin zu kümmern.

„Sehen Sie das weiße Tuch da?“, fragte Rose-Ann plötzlich und starrte angespannt zu dem Holztisch, neben dem der junge Priester saß.

Valentin nickte bejahend und folgte ihrem Blick. Natürlich war ihm das weiße Stück Stoff mit dem runden Etwas darunter schon zuvor aufgefallen.

„Ziehen Sie es weg!“, befahl sie bestimmt.

Valentin gehorchte. Zum Vorschein kam eine handgroße Glaskugel, welche sich auf einer goldenen Samthalterung befand.

„Ich möchte Ihnen diese Glaskugel schenken. Sie soll Sie in Zukunft vor größerem Unheil bewahren!“, sagte Rose-Ann und machte mit ihrem Kopf eine Bewegung zu der Kugel.

Valentin sah die alte Frau gedankenvoll an. Dabei ahnte er, dass sie an Wahrsagerei glauben musste. In ihren Augen konnte er eine fast flehentliche Bitte erkennen, woraufhin er sich spontan dazu entschloss, das ungewöhnliche Geschenk ohne Einwand anzunehmen, um sie nicht zu enttäuschen.

„Und jetzt gehen Sie! ... Es wird schon dunkel!“, sprach sie, ohne dem noch etwas hinzuzufügen. Ihr aufmerksamer Blick fiel auf die große Pendeluhr, die an der Wand zwischen den Kruzifixen hing.

Valentin sog tief die warme Luft des durch das Kaminfeuer angewärmten Raumes ein. Dann verabschiedete er sich höflich und verließ mit gemischten Gefühlen das kleine Holzhäuschen, um in die Dämmerung hinauszutreten.

Als Valentin vor dem Pfarrhaus ankam, war es bereits stockdunkel. Hastig brachte er das Geschenk von Rose-Ann Gardner ins Haus, bevor ihn sein Weg noch einmal über den Friedhof, auf dessen Gräbern die Kerzenlichter unheimlich im Wind flackerten, führte. Kurz vor dem Zubettgehen wollte er sich vergewissern, ob das schmiedeeiserne Eingangstor auf der anderen Seite des Friedhofs auch tatsächlich verschlossen war. Aus irgendeinem Grund mochte er es nicht, wenn es nachts so einladend offen stand. Auch sonst fühlte er sich nicht besonders wohl. Seit er die Bekanntschaft mit Bastian gemacht hatte, glaubte er sich auf dem Friedhof von Hunderten Augen beobachtet - toten Augen, was natürlich absoluter Schwachsinn war.

Valentin trieb sich, die Gedanken verdrängend, vorwärts. Als er endlich am zweiflügeligen Tor ankam, stand dieses, wie erwartet, sperrangelweit offen und krächzte im Wind, da es durch den Luftzug ständig auf- und zuwippte. Das Gefühl, von jemandem ausspioniert zu werden, verstärkte sich. Valentin blickte aufmerksam in alle Richtungen, konnte aber niemanden ausmachen. Mürrisch schloss er das Tor. Dann schritt er, ohne sich weiter um den Vorfall zu kümmern, auf dem unter sich knirschenden Kiesweg zwischen den Gräbern zum Pfarrhaus zurück.

Gerade, als er dabei war, die Haustür zu öffnen, ließ ihn ein plötzlicher Windhauch herumfahren. Valentin erschauderte. In der Dunkelheit um ihn schien sich eine Gestalt zu manifestieren. Sanfter Nebel schmiegte sich um seine Beine. Für einen Moment schloss Valentin die Augen. Langsam wurde er verrückt. Dann öffnete er sie wieder und schrak hoch. Viel zu dicht vor ihm stand plötzlich Bastian - so wunderschön und mit einer derartigen Ausstrahlung, dass Valentin sofort kräftiges Herzklopfen verspürte.

„Habe ich dich etwa erschreckt? Das war nicht meine Absicht“, hauchte Bastian sanft und mit einem Charme in der

Stimme, der Valentin hilflos zu machen schien. Er hatte das Gefühl, nicht mehr richtig Herr seiner Sinne zu sein und schüttelte gedankenverloren den Kopf. „Nein, ich habe nur nicht mit ..."

„Mit meinem Besuch gerechnet?", vollendete Bastian den Satz in einem rauen, sinnlichen Ton und schenkte Valentin einen verführerischen Blick, dass sich der ohnehin schon verlegene Priester fahrig mit der rechten Hand durch das blonde Haar strich.

„Was führt dich zu mir?", brachte er dann doch etwas zögerlich über die Lippen.

„Ich wollte einfach nur ..."

„Gesellschaft?", fragte Valentin und fiel nun Bastian unverhohlen ins Wort. Er versuchte sich einzureden, dass der schwarzhaarige Schöne nur deshalb hier aufgetaucht war, weil er in ihm einen Kameraden, einen Menschen zum Reden sah.

Valentin konnte das durchaus nachvollziehen. Ein Leben so ganz abgeschieden von dem ohnehin schon kleinen Dorf, dürfte einem ganz schön zu schaffen machen. Bastian musste einsam sein, anders konnte er es sich nicht vorstellen. Dennoch war er etwas verunsichert, da es ihm bis jetzt ein Rätsel war, ob Bastian etwas mit dem hässlich Vernarbten, der ihn entführt hatte, zu tun hatte. Soweit er sich erinnern konnte, hatte Bastian diesen in der Mühle als seinen Diener bezeichnet, was auch immer das zu bedeuten hatte.

„Ja, ich lege nun mal großen Wert auf nette Gesellschaft – vor allem, wenn man so allein und abgeschieden auf einem kleinen Berg mitten im Wald lebt ... Der Zwischenfall mit Reeper tut mir übrigens noch immer außerordentlich leid. Ich hoffe, du bist diesbezüglich nicht allzu nachtragend!?" Er blickte Valentin mit einem intensiven Blick an, um dessen Gedanken zu erforschen, doch seltsamerweise gelang es ihm nur lückenhaft, in die Gedankengänge des attraktiven Geistlichen einzudringen.

„Ich bin Priester, und es gehört zu meinen Aufgaben, verzeihen zu können. Aber es war trotzdem nicht richtig, was dieser ... Reeper gemacht hat. Wer ist dieser seltsame Mann?“ Valentin wollte es vermeiden, sich von Bastian weiter so durchdringend anblicken zu lassen, da ihn dessen Augenaufschlag schier in den Wahnsinn trieb, und senkte irritiert den Kopf, indem er sich gleichzeitig räusperte. Dabei spürte er wieder das seltsame Kribbeln in seinem Bauch, gegen das er nur schwer ankam.

„Reeper ist einer meiner ... Angestellten“, erwiderte Bastian mit weicher Stimme.

Es war offensichtlich für Valentin, dass Bastian nicht gerne über Reeper sprach. Zumindest glaubte er, das aus dessen geringschätzigem Ton, herausgehört zu haben.

Als der kühle Herbstwind etwas stärker aufkam, und Valentin zu frösteln begann, überlegte er, ob er Bastian einfach zu sich hineinbitten sollte. Irgendwie ließ es ihn nicht los, etwas mehr über diesen Mann zu erfahren, den die Dörfler einerseits so sehr fürchteten, der aber andererseits eine dermaßen große Ausstrahlung besaß, dass es Valentin schwerfiel, ihn wegzuschicken.

„Es wird langsam kalt hier draußen. Wenn du möchtest, können wir unser Gespräch gerne im Warmen fortführen.“

Bastian musterte den jungen Priester von Kopf bis Fuß. Kurz dachte er an dessen makellosen Körper zurück und wie dieser, nackt und wie Gott ihn schuf, in der Mühle im Bett gelegen hatte. Ein leises Seufzen trat über seine Lippen, bevor er weitersprach. „Bist du dir sicher, mich in dein Haus zu bitten? Wie du ja bereits weißt, vertrage ich den Geruch von Weihrauch nicht besonders.“

Valentin dachte nach. Zu dumm! Das hatte er komplett vergessen, und Bastian schien seine Unsicherheit sofort zu bemerken. „Aber ich kann ja mal eine Ausnahme machen ... Bist du dir auch wirklich ganz sicher, mich einzulassen?“, wiederholte er seine Frage, sodass es Valentin kalt den Rücken hinunterlief. Irgendwie fand er Bastian unheimlich.

„Ja, sonst hätte ich es dir ja nicht angeboten“, entgegnete er selbstsicher, überlegte jedoch insgeheim, was es mit dieser bizarren Frage auf sich hatte. Verunsichert drehte er sich um und ging ins Haus, während sein Gast ihm unauffällig folgte. Valentin fiel auf, dass Bastian schnurstracks in das kleine Wohnzimmer eilte, so, als würde er über die Räumlichkeiten des Pfarrhauses Bescheid wissen. Warum kannte er sich hier nur so gut aus?

Etwas verwirrt bot Valentin seinem Besucher einen Platz an, was dieser auch sofort mit einem vornehmen Kopfnicken quittierte und es sich auf dem alten Sofa bequem machte.

Valentin fuhr sich nervös über die Priesterkleidung und setzte sich unruhig neben dem Gast auf die Couch. Jetzt, wo er mit Bastian allein war, wurde es ihm plötzlich unbehaglich zumute. Vielleicht war es doch keine so gute Idee gewesen, den Fremden hereinzubitten. Über was sollte er sich mit ihm unterhalten? Als Seelsorger hatte er eigentlich kaum Probleme, jemandem zuzuhören oder ein Gespräch zu beginnen. Doch jetzt saß er neben Bastian und blickte verunsichert geradeaus. Noch nie in seinem Leben war ihm etwas peinlicher gewesen - außer der unfreiwilligen Entblößung in der Mühle! Ein unheimlich schlechtes Gewissen überkam ihn sogleich. Konnte es sein, dass er ihn nur zu sich ins Haus gebeten hatte, um mehr über ihn zu erfahren und in seiner Nähe zu sein? Hatte er bei der Einladung womöglich nur an sich selbst gedacht?

„Seit wann bist du schon Priester?“, begann Bastian plötzlich das Gespräch von ganz allein und erleichterte Valentin somit den erneuten Einstieg. Es war ihm gelungen, die Gedanken des jungen Pfarrers zu lesen, und er fühlte sich in seinem Denken bestärkt und geschmeichelt zugleich, da dieser tatsächlich etwas für ihn zu empfinden schien.

„Noch nicht lange. Ich kam als Kaplan hierher, um die nächsten Jahre unter priesterlicher Aufsicht meinem Amt nachzugehen. Erst dann ist es mir gestattet, eine eigene Pfarre zu leiten. Das Dorf ist mein erstes Amt und gleichzeitig eine große Herausforderung."

„Und gefällt es dir hier?", fragte Bastian weiter, während er die Beine etwas spreizte, sodass sich ihre Oberschenkel flüchtig berührten. Valentin schloss für einen Moment stillschweigend die Augen. In was für eine unangenehme Situation hatte er sich da bloß hineinmanövriert? Die Berührung, auch wenn sie nur kurz währte, brachte sein Blut sofort in Wallung. Zudem merkte er, wie empfindlich sein Herzschlag auf Bastians angenehme Stimme reagierte. Der Mann machte einen sehr erfahrenen Eindruck, auch wenn dieser nicht viel älter als er selbst sein konnte.

Valentin verfluchte sich dafür, ihn eingelassen zu haben. Es war schon ein Fehler gewesen, überhaupt auf dessen Fragestellung einzugehen, schließlich war er es sonst immer, der die Fragen stellte und dann zuhörte. Doch Bastian hatte ihm geschickt den Triumph aus der Hand gerissen, ohne dass er es gemerkt hatte. Nun saß er in der Klemme.

Während er darüber nachdachte, bemerkte er, dass Bastian ihn von der Seite noch immer abwartend anblickte. Er erwartete eine Antwort.

„Ähm, ja, es gefällt mir hier, auch wenn ich das Rätsel um die Geheimniskrämerei der Dörfler noch nicht gelöst habe", versuchte er in einem eher ernsten Tonfall von sich zu geben.

„Es gibt kein Rätsel, wie du es so schön zu bezeichnen pflegst! Die Leute sind einfach nur abergläubisch - richtige

Hinterwäldler eben“, sprach Bastian barsch. Doch selbst in diesem unwirschen Ton, lag noch immer eine begehrenswerte Anziehungskraft. Sein ganzes Erscheinungsbild war einfach zu beachtenswert, als dass man ihn hätte ignorieren können. Wie konnten die Dörfler sich vor diesem Mann bloß fürchten, wenn er doch so viel Anmut besaß? Valentin verstand es nicht.

„Seit wann lebst du schon so allein da oben?“, begann er aufs Neue.

„Schon sehr, sehr lange!“

„Dann muss dir das Gerücht, demzufolge du anscheinend nie altern würdest, doch längst zu Ohren gekommen sein!? In der Mühle bist du mir bei meinen Fragen nämlich geschickt ausgewichen.“

„Alter Volksglaube, nichts weiter ...“

Valentin schüttelte den Kopf. „Und was hast du mit mir gemacht? Als ich mich geweigert hatte, mich von diesem ... Reeper zum Pfarrhaus geleiten zu lassen, wurde ich auf einmal sehr müde und meine Knie gaben nach ... Am nächsten Morgen erwachte ich jedoch wieder in meinem Schlafzimmer im Pfarrhaus. Hast du wenigstens dafür eine adäquate Erklärung?“

Bastian sah den Diener Gottes durchdringend an, als müsste er genau überlegen, was er antwortete. „Das war nur zu deinem Schutz – eine Art Hypnose, die ich angewendet habe, nichts weiter!“

Valentin schüttelte erneut seufzend den Kopf. „Lass diesen Quatsch! Irgendetwas stimmt hier nicht, sonst hätten die Menschen nicht solche Angst vor dir! Außerdem ...“

„Außerdem?“, wiederholte Bastian zynisch und gleichzeitig so selbstsicher, dass Valentin kurz mit sich rang.

„... Außerdem sollen schon Menschen aus dem Dorf verschwunden sein!“

„Und was kann ausgerechnet ich dafür? Diese Dörfler brauchen einen Sündenbock, so einfach ist das! Oder glaubst du etwa auch an diesen Unsinn, den man sich erzählt?"

Valentin holte tief Luft. „Nein, ich kann es mir ja selbst kaum erklären, aber sonderbar sind die Gerüchte schon. Ich weiß nicht, ob das alles wirklich nur auf deren Aberglauben zurückzuführen ist."

Bastian wollte etwas erwidern, als er plötzlich auf einem kleinen Beistelltisch die mit einem weißen Tuch bedeckte Glaskugel erspähte. Augenblicklich verfinsterte sich sein Blick. „Von wem hast du die?"

Valentin versuchte, Bastians Blick genau zu deuten. Etwas Ängstliches und gleichzeitig Fremdartiges lag mit einem Mal in den braunen Augen.

„Es war ein Geschenk einer Einheimischen", erwiderte er sanft, ohne nachzudenken. Er wusste nicht einmal, warum er so freimütig davon erzählte.

„Von dieser ... alten … Hexe?"

Valentin verstand nicht ganz, fand die Wortwahl Bastians jedoch alles andere als angemessen. „Sag so etwas nicht! Rose-Ann Gardner ist eine nette alte Dame, die nur sehr zurückgezogen lebt."

„Was hat sie dir alles erzählt?" hakte Bastian weiter nach, ohne näher auf die Worte des Theologen einzugehen.

Irgendetwas schien ihm an der Frau zu missfallen, was auch Valentin nicht verborgen blieb. „Wieso willst du das wissen? Meine Gespräche, die ich als Seelsorger annehme, unterliegen der Schweigepflicht. Noch nie etwas davon gehört?" Eine ungewollte Pause entstand, in der Bastian Valentin so auffällig musterte, dass dieser erneut verlegen wurde und versuchte, dessen Blick auszuweichen, was gar nicht so leicht war.

„Warum bist du nun zu mir gekommen? ... Du weißt, dass auch dir – egal, was die Leute sagen – jederzeit ein offenes Ohr zusteht. Und ich habe dich in mein Haus gebeten, um für dich da zu sein.“ Was für eine heuchlerische Lüge! Valentin wusste genau, dass er sich selbst etwas vormachte, doch das durfte er sich unter keinen Umständen anmerken lassen.

„Ganz einfach – ich wollte dich wiedersehen“, entgegnete Bastian knapp, was Valentin ein trockenes Schlucken einbrachte. Noch nie hatte ein Mann es in seiner Gegenwart geschafft, ihn dermaßen aus der Fassung zu bringen. Als er nicht sofort etwas von sich gab, meinte Bastian mit nachdenklicher Miene: „Sie hat dir gesagt, dass ich homosexuell bin, nicht wahr?“

Valentin schluckte erneut. Das war mit Sicherheit das falsche Stichwort gewesen!

„Ja, hat sie, aber das ist kein Problem für mich.“ Er räusperte sich und wollte dem noch etwas hinzufügen, als er spürte, wie sich ihre Oberschenkel erneut berührten. Hitze durchflutete seinen ganzen Körper und versetzte seinen Unterleib in höchste Anspannung. Mit Unbehagen nahm er wahr, dass ihm die Hose, die er unter der Priesterkutte trug, langsam zu eng wurde. Und er fühlte, wie sein erigiertes Geschlecht ungeduldig versuchte, sich in der unangenehmen Enge mehr Platz zu verschaffen. Sein Herz schlug schneller, und ihm wurde noch heißer, obwohl im Wohnraum kaum mehr als zwanzig Grad vorherrschten.

Auch Bastian verspürte in diesem Moment ein glühendes Verlangen, den Geistlichen zu berühren. Doch er hielt sich eisern zurück, was kein Leichtes für ihn war. Seit er sich in dessen Nähe befand, hatte er zudem große Mühe, den Blutdurst zu unterdrücken. Valentin duftete so verführerisch rein, dass er am liebsten direkt von ihm getrunken hätte. Das zusätzliche Bedürfnis, den schönen Priester mit dem makellosen Körper leidenschaftlich zu lieben, war immens groß, sodass es wohl das Beste wäre, dieses Haus auf der

Stelle zu verlassen. Die Signale, die Valentin unbewusst in Gedanken an ihn sandte, waren einfach zu stark, um sie weiter ignorieren zu können.

Erst jetzt reagierte Valentin auf die zuvor von Bastian an ihn gewandte Antwort. „Das heißt, du bist den langen Weg nur gekommen, um mich zu sehen? Du wolltest dich mir also gar nicht anvertrauen, sondern ...“

„Dich sehen, wie ich schon sagte!“, betonte Bastian erneut bestimmt.

Fluchtartig erhob Valentin sich und ging langsam zum Fenster. „Das war keine gute Idee, Bastian.“

„Warum? Weil du vor deinen eigenen Gefühlen flüchtest? Ich glaube zu wissen, dass ich in der Mühle - oder vielleicht schon bei unserem ersten kurzen Treffen auf dem Friedhof - etwas in dir ausgelöst habe, von dem du glaubtest, es würde nicht einmal existieren ...“

Aufgebracht drehte Valentin sich um. „So meinte ich das nicht! Ich meinte eher, dass es keine gute Idee war, überhaupt ins Dorf zu kommen.“

Bastian wusste, dass das nicht der ganzen Wahrheit entsprach, und ohne erneut darauf einzugehen, begann er, Valentin aus eigenem Antrieb heraus einen Teil seiner Geschichte zu erzählen. „Ich lebe schon seit langer Zeit in der Mühle, wobei Reeper als mein Angestellter fungiert. Er diente bereits meinem Vater und meinem Onkel, was auch der Grund dafür ist, dass die Menschen im Ort sich erzählen, ich würde nicht altern. Ich bin das Ebenbild meines Vaters, und vermutlich liegt es in der Familie, ein Leben als Außenseiter zu führen. Es mag dich jetzt vielleicht verwundern, aber die Einsamkeit stört mich nicht im Geringsten!“

Valentins Interesse schien erneut geweckt. „Und wovon lebst du?“, wollte er wissen.

„Meine Familie ist im Besitz einiger großer Immobilien, die ich verwalte.“ Er machte eine kurze Pause. „Und warum bist du Priester geworden? Verzeih mir diese Frage, aber wie kommt ein attraktiver Mann wie du auf die Idee, Geistlicher zu werden und vollkommen abstinent zu leben? Ist das nicht eine pure Verschwendung?“

Valentin spürte, wie seine Wangen erröteten. Noch niemals zuvor hatte ihm ein Mann ein derartiges Kompliment gemacht, das gleichzeitig so furchtbar unverschämt klang.

„Du erweckst in mir den Eindruck, dass du sehr wohl weißt, was du willst, es aber hinter deinem Kirchenrock versteckst. Habe ich recht? Woran mag es nur liegen, dass du so verklemmt bist?“, sprach Bastian unverblümt weiter.

Valentin glaubte, sich verhört zu haben. „Ich bin nicht verklemmt! Ich bin Priester aus Leidenschaft geworden.“

„Und dennoch bist du voller Komplexe und scheu! Aber ich mag diese schüchterne, beinahe unschuldige Art, die du an den Tag legst. Dein blondes Haar und die eismeerblauen Augen faszinieren mich.“ Bastian dachte angestrengt nach. „Ich könnte wetten, dass du überhaupt noch keine Erfahrungen sexueller Natur gesammelt hast, oder täusche ich mich da?“

Valentin war zum Zerbersten angespannt, da er auf ein solches Gespräch nicht vorbereitet gewesen war. „Das geht dich nicht das Geringste an!“, widersprach er herb. Normalerweise hätte er Bastian längst rauswerfen sollen, doch irgendetwas hielt ihn zurück. Unweigerlich musste Valentin an seinen Vater denken.

Bastian nützte die Hilflosigkeit des Priesters schamlos aus, um erneut in dessen Gedankenwelt vorzudringen. „Und deine Familie?“

Valentin hob angespannt sein Kinn an. „Was soll mit meiner Familie sein? Was meinst du?“

„Haben sie es denn akzeptiert, dass ihr Sohn schwul *und* Priester ist?“

Valentins Augen weiteten sich merklich. Wieso stellte er ihm ausgerechnet diese Frage? Und woher wusste er, dass er gleichgeschlechtliche Neigungen besaß? Hatte er tatsächlich die Gabe, fremde Gedanken zu lesen, wie Rose-Ann es ihm prophezeit hatte?

Er musste zugeben, dass es ihm – seit er Bastian zu sich ins Haus gebeten hatte – nur sporadisch gelungen war, seine Gedanken zu verschließen. Doch konnte es das wirklich geben? Konnte ein Mensch eine derart außergewöhnliche Gabe besitzen?

Bastian reagierte sofort. „Auch ich habe schwere Zeiten hinter mir, was meine Andersartigkeit betrifft. Aber ich habe es überlebt und mich so akzeptiert, wie ich bin. Außerdem könnte ich mir heute gar nichts Schöneres mehr vorstellen, als schwul zu sein.“ Er grinste Valentin provokant an.

„Woher weißt du das alles über mich?“, fragte dieser und sah Bastian lange an. „Du bist wirklich ein äußerst seltsamer Mann. Vermutlich ist das einer der Gründe, warum die Menschen im Ort dich fürchten.“ Valentin versuchte, das eben Erlebte gelassen zu betrachten. Dabei kam der sich ständig in Geduld übende Priester in ihm zum Vorschein. Es tat gut, sich einmal in Gegenwart eines Mannes zu befinden, der ihn wegen seiner Homosexualität nicht verurteilte. Dennoch quälte ihn sein schlechtes Gewissen. Solche Gedanken hatten in seinem Leben als Geistlicher wahrlich nichts verloren!

„Ich habe eben meine ganz spezielle Art, mit der nicht jeder klarkommt“, erwiderte Bastian nachdenklich, während er Valentin tiefgründig musterte. Dabei spürte er erneut ein Signal in dessen Augen, die ihn willig ansahen. Für einen Moment überlegte Bastian, Valentin gefügig zu machen. Doch dann verwarf er den Gedanken wieder. Der blonde Engel sollte irgendwann freiwillig zu ihm kommen und ihn lieben.

Für den Augenblick einer Sekunde erstarrte Bastian vor diesem Einfall. Würde er jemals wieder lieben? Hatte er das soeben wirklich gedacht?

Mit einer fließenden Bewegung stand er auf und hätte dabei beinahe vergessen, dass er kein Mensch mehr war. Doch schnell hatte er sich wieder im Griff und schritt langsam auf Valentin zu. Als er vor diesem stehen blieb, wurde der betörende Geruch des Blutes so heftig, dass er mechanisch einen Schritt zurückwich, was Valentin erstaunt aufblicken ließ.

„Ist alles in Ordnung?", fragte dieser etwas unbeholfen nach.

Bastian glaubte, aus Valentins Stimme so etwas wie Besorgnis herausgehört zu haben.

„Bastian?", wiederholte Valentin.

Wortlos schloss Bastian die Augen und trat abermals näher, sodass sich ihre Münder fast berührten. Valentin fühlte sich so überrumpelt, dass er nur stumm dastand, als er plötzlich kalte Lippen auf den seinen spürte. Er wollte den Kuss von Bastian abwehren, zögerte jedoch für einen Moment, da er noch nie so ein wunderbares Gefühl erlebt hatte. Erst als ihm bewusst wurde, auf was er sich da soeben einließ, drückte er Bastian erschrocken von sich. „Bastian, wir dürfen das nicht!", entfuhr es ihm in einem Rausch der Ernüchterung. Dabei schlug ihm das Herz bis zum Hals, und sein Körper bebte vor Verlangen. Doch er wusste, er durfte sich nicht verlieben.

Wieder las Bastian in den Gedanken des Pfarrers wie in einem offenen Buch. Sein Herz erwärmte sich sofort.

„Bastian, ich glaube, du gehst jetzt besser", sagte Valentin in einem fast flehentlichen Ton. Dabei sah er sich wachsam um, da er dachte, soeben ein Geräusch hinter sich vernommen zu haben.

Angela!

„Herr Pfarrer, es tut mir leid, dass ich Sie um diese Zeit noch behelligen muss, aber ich ...“, schweigend blieb Angela in der Tür stehen. Ihr Gesicht sprach Bände. „Ich wusste nicht, dass Sie ... Besuch haben ...“, brachte sie nur stockend hervor und wollte sich soeben umdrehen und wieder gehen, als Bastian sich mit einem Kopfnicken stumm von Valentin verabschiedete und dazu ansetzte, den Raum zu verlassen. Als er an Angela vorbeikam, wich diese sofort erschrocken und mit einem mehr als bleichen Gesichtsausdruck vor ihm zurück und sah ihm beunruhigt hinterher, ob er auch tatsächlich das Haus verlassen würde. Doch Bastian drehte sich noch einmal zu ihr um und sagte: „Puh!“, fuhr die Finger zu Krallen aus und tat so, als würde er nach ihr greifen.

Angela fasste sich mit vor Angst geweiteten Augen mit der Hand an die Brust. Erst dann grinste Bastian sie bösartig an und verließ das Haus.

Stille trat ein. Nach einer gefühlten Minute wagte Angela - noch etwas verschüchtert - den ersten Versuch, Valentin auf den Besucher anzusprechen. „War das …?“

Valentin nickte bejahend, wollte jedoch nicht näher darauf eingehen. „Was führt Sie noch zu mir?“

„Ach, ich habe nur meine Handtasche liegen gelassen“, sprudelte es unsicher aus ihr heraus. Dennoch wagte sie nicht, ihn weiter darüber auszuhorchen.

„Haben Sie sie denn schon gefunden?“, wollte er wissen.

„Ähm, was ...?“

„Na, Ihre Handtasche?“, wiederholte Valentin ungläubig.

„Ach so, ja, natürlich! Sie lag in der Küche auf einem Stuhl“, erwiderte sie noch immer ganz aufgewühlt.

Valentin wusste, dass er Angela nun einen Grund mehr gegeben hatte, ein neues Gerücht im Dorf zu verbreiten. Dabei blieb ihm nichts anderes übrig, als zu hoffen, dass die

Dörfler auf keine abwegigen Gedanken kamen. Mit einem unguten Gefühl in der Brust verließ er das Wohnzimmer, wünschte Angela angenehme Nachtruhe und ging schließlich zu Bett.

In dieser Nacht blieb Valentin ungewollt lange wach. So sehr er sich auch bemühte, er fand einfach nicht in den von ihm erhofften Schlaf. Ständig wälzte er sich von einer Seite zur anderen, um schließlich erneut nachdenklich an die verschnörkelte Holzdecke zu starren.

Als ihm irgendwann nach Mitternacht endlich die Augen zufielen, brachte ihm der lang ersehnte Schlaf dennoch nicht die gewünschte Ruhe und Erholung. Stattdessen träumte er von Bastian, der ihn innig küsste. Er träumte von heißen Lippen, von Zärtlichkeiten intensivster Art, die Bastian mit Leidenschaft überall auf seinen Körper pflanzte. Besonders wirksam spürte Valentin dabei die saugende Liebkosung auf der zarten Haut unter dem Nabel, die ihn immer wieder aufstöhnen ließ. Das Gefühl, das er dabei empfand, gefiel ihm, und er wollte nicht, dass es jemals aufhörte. Genussvoll gab er sich den liebevollen Streichel- und Kusseinheiten hin - für einen Moment sogar, ohne dabei Reue zu empfinden.

Doch als er das empörte Gesicht des Bischofs in seinem Geist vor sich erblickte, der von Weitem dem wollüstigen und verbotenen Treiben zusah und mit dem Zeigefinger drohend auf ihn zeigte, verspürte Valentin eine gewisse Unruhe in sich aufsteigen, und der erotische Traum wandelte sich zum Albtraum. Sekunden später gesellte sich zu dem unheimlichen Bild des Bischofs das Gesicht Rose-Anns, die ihm immer wieder kaum verstehbare Worte zurief und mit langen, grauenhaften Krallen nach ihm zu greifen schien.

Valentin schrie entsetzt, ohne ein Wort über die Lippen zu bekommen. Dann fuhr er endlich aus dem Albtraum hoch. Sein Atem ging stoßweise, als er registrierte, nur geträumt zu haben. Und sein Körper war von einem dünnen Schweißfilm überzogen. Er war so aufgewühlt, dass er erst jetzt bemerkte, dass sein Penis unter der Decke noch immer von den sinnlichen Berührungen, die nichts anderes als eine Täuschung gewesen waren, prall aufgerichtet war. Die hellrosa Spitze rieb sich immer wieder an dem dünnen Stoff, was Valentin als sehr erregend empfand. Sein Lustgefühl steigerte sich abrupt, als er erneut an Bastian dachte, während sein Herz kräftiger schlug. Zaghaft ließ er die linke Hand unter die dünne Decke gleiten und umfasste sein angeschwollenes Geschlecht. Es war kein Leichtes für ihn, den Priester für einen Moment auszuschalten und sich nur seinen Gefühlen hinzugeben - schon gar nicht nach diesem Albtraum, dennoch schloss er die Augen und begann ganz langsam, an seinem Glied zu reiben, wobei er vor seinem geistigen Auge immer wieder Bastian sah, der anstelle seiner Hand mit seinen sinnlichen Lippen die Eichel fest umschloss und sanft daran saugte. Lustvoll massierte Valentin seine empfindliche Männlichkeit und wusste, dass er sich nicht lange würde zurückhalten können. Es war das erste Mal, seit dem Erwachen seiner Sexualität, dass er sich so ungeniert seiner Libido hingab. Der Gedanke, Bastian würde in diesem Augenblick des Genusses seine Hoden streicheln und ihn mit der Zunge verwöhnen, führte dazu, dass seine Hand schneller werdende Bewegungen vollführte, sodass sich sein Becken im Sinnesrausch der Gefühle leicht anhob und senkte. Die kräftige Reibung löste sofort ein feuerwerksartiges Gefühl in ihm aus, das ihn fast um den Verstand brachte. Er spürte, unmittelbar vor einer heißen Explosion zu stehen. Unwillkürlich begann sein Penis heftig zu zucken und spuckte kurz darauf in konvulsivischen Schüben die warme

Flüssigkeit auf seinen Bauch. Er erzitterte. Sein Atem glich einem Keuchen.

Es dauerte eine Weile, bis die Erregung abebbte, er sich säuberte und seine Herzfrequenz sich wieder einigermaßen normalisierte. Mit der Stabilisierung seiner Herzrate kam jedoch auch die bittere Realität zurück. So schön die zum Leben erwachten Gefühle auch waren, Valentin rang wieder einmal mit sich selbst. Es war falsch, was er gerade getan hatte! Das ihn quälende Gefühl, etwas gemacht zu haben, was eigentlich verpönt für ihn war, spaltete sein Ich in zwei Hälften. Augenblicklich fühlte er sich wieder als Fremder in seinem eigenen Körper, als Monster, das nicht wusste, was eigentlich mit sich los war. Jeder, den er bis zu diesem Zeitpunkt in seinem Umfeld kennengelernt hatte, hatte gesagt, Homosexualität sei etwas Verwerfliches, Abnormales, für das er sich schämen müsste.

Plötzlich war er wieder sechzehn und spürte den Druck von allen Seiten auf sich einströmen.

Entmutigt drehte er sich nach links und sah angestrengt auf die gelb leuchtende Anzeige des Digitalweckers. Es war erst kurz nach zwei Uhr morgens. Seufzend ließ er sich zurück auf das weiche Kissen fallen und starrte erneut an die Holzdecke. Er fühlte sich einfach nur schlecht. Zum ersten Mal überkam ihn der Gedanke, eventuell doch nicht für das Priesteramt geeignet zu sein. Er war kein braver Hirte, der seine Schäfchen hütete. Stattdessen kam er sich soeben vor, der böse Wolf zu sein, der ein Schaf nach dem anderen riss. Und als er schließlich auch noch an Bastians schönes Antlitz dachte, das seinen Geist vernebelte, zog sich sein Magen endgültig krampfhaft zusammen.

10

In den darauffolgenden Tagen versuchte Valentin, sich vehement auf andere Dinge zu konzentrieren. Dabei kamen ihm zwei Hochzeiten gerade recht. Zudem kümmerte er sich um die Kirchenbücher und leistete Seelsorge. Als er wie beinahe jeden Spätnachmittag in der Kanzlei saß, scheute Angela nicht davor zurück, ihn bezüglich des vor Tagen im Pfarrhaus gesichteten Besuchers anzusprechen.

„Sie sollten ihn nicht ins Haus bitten!“, begann sie zögerlich, während sie mit einem Staubwedel über ein Regal fegte.

„Wen?“, entgegnete Valentin eher gleichgültig, obwohl er insgeheim genau wusste, auf wen Angela anspielte. Musste sie ausgerechnet jetzt damit anfangen?

Bastians Besuch hatte ihn vollkommen durcheinandergebracht, sodass seine Gefühle Achterbahn fuhren. Dazu kamen die lustvollen Träume, die ihn immer näher an den Rand des Abgrunds trieben. Was er auch tat, Bastian spukte in seinem Kopf herum, ob er es nun wollte oder nicht.

„Den Mann aus der Mühle, meinte ich ...“, begann Angela von Neuem. „Ich halte es für keine gute Idee, mit ihm zu sprechen, Herr Pfarrer.“

„Angela, als Priester ist es nun mal meine Aufgabe, jedem Menschen zuzuhören - vor allem aber denjenigen, die ohnehin bereits im Abseits leben und von der Gesellschaft gemieden werden!"

Angela warf ihm einen abfälligen Blick zu und hörte auf, mit dem Staubwedel über das Regal zu fahren. „Haben Sie den Nebel schon bemerkt, der sich nachts um unser Dorf legt?"

Valentin dachte für den Augenblick einer Sekunde nach. Es war richtig, auch ihm waren seit geraumer Zeit rauchige Nebelschwaden aufgefallen, aber er hatte sich nicht wirklich etwas dabei gedacht. Wie er vermutete, war das wieder eines von Angelas Hirngespinsten, die sie mit den Dörflern teilte.

„Es ist nur gewöhnlicher Nebel, nichts weiter, das Sie beunruhigen sollte."

Angela senkte das Kinn und holte tief Luft. „Dann kennen Sie die Überlieferung also noch nicht?"

Valentin schüttelte den Kopf. „Welche Überlieferung?"

„Ich habe Ihnen neulich nicht alles erzählt, was den Einsiedler betrifft. Die Dorfältesten sagen, dass sich der Nebel nur dann um das Dorf legt, wenn der Mann aus der Mühle wieder beginnt, sich hier herumzutreiben. Sie sagen, das Böse erwache gerade zum Leben und wird Einkehr ins Dorf halten, um uns alle nach und nach in den tiefen Abgrund zu reißen ..."

„Angela! Sie glauben doch diesen Schwachsinn nicht wirklich, oder?" Als Valentin jedoch ihr Gesicht musterte, wusste er, dass sie es sehr wohl so meinte. „Der Mann ist nur – wie Sie es so schön formulierten – ein Einsiedler. Sie brauchen sich deswegen nicht vor ihm zu fürchten!"

Ohne näher auf die Worte des Priesters einzugehen, sprach Angela in einem fort weiter: „Es gibt da ein Landgut im Grünen – von hier gute drei Stunden Zugfahrt entfernt. Auch Rose-Ann Gardner sagt, sie fühle, dass das Böse dort gerade zum Leben erwachen würde. Schuld an allem ist dieser Mann, Herr Pfarrer."

„Frau Thorsten, wir leben nicht mehr im Mittelalter, um Menschen einer Tat zu bezichtigen, die sie nicht begangen haben. Also hören Sie bitte zukünftig in meiner Gegenwart auf, solch einen Unsinn zu erzählen! Der Mann aus der Mühle, der sich übrigens Bastian Graf von Werlenberg nennt, hat dasselbe Recht wie Sie und alle anderen Dorfbewohner, mit einem Priester zu sprechen!“

Angela holte erneut tief Luft, dieses Mal jedoch, weil sie es nicht gewohnt war, dass jemand in diesem Ton mit ihr sprach.

„Sie werden es schon noch merken, Herr Pfarrer! Priester Eduard hat Ihnen wohl nicht viel erzählt ... Aber das ist auch nicht weiter verwunderlich, der Mann hält sich seit Langem aus allem raus ... Doch sein Vorgänger, der alte Pfarrer Schwarz, war da ganz anders - obwohl auch er lange nicht daran glaubte, bis er es selbst herausfand, dass mit dem Mann dort oben etwas nicht stimmt. Als er jedoch anfing, Nachforschungen über den Mühlenbesitzer anzustellen, fing es auf einmal an, ihm rapide schlechter zu gehen ...“

„Der Vorgänger von Priester Eduard lebt jetzt in einem klösterlichen Altenheim, oder irre ich mich da?“, unterbrach Valentin die Frau.

Sie schüttelte abwehrend ihren Kopf. „Nein, da liegen Sie schon richtig. Vielleicht sollten Sie ihn einmal besuchen, damit er Ihnen sagen kann, was Sie mir nicht glauben wollen.“

„Ich habe im Moment keine Zeit für so etwas, da es wichtigere Dinge gibt, um die ich mich als Priester zu kümmern habe.“

Erbost warf Angela ein: „War ja nur ein gut gemeinter Ratschlag von mir.“ Dann drehte sie sich um und wollte die Kanzlei bereits verlassen, als sie noch hinzufügte: „Und dennoch rate ich Ihnen: Halten Sie sich fern von diesem Mann!“

Als sie endlich das Haus verlassen hatte, fasste Valentin sich fassungslos und vor geistiger Erschöpfung an die Stirn. Das konnte doch einfach nicht wahr sein!

Natürlich musste er zugeben, dass Bastian ein etwas sonderbares Verhalten an den Tag legte, aber bei diesem Unsinn, den Angela ihm da auftischen wollte, hätte es ihm beinahe die Sprache verschlagen. Ein nicht zu beschreibendes Gefühl stieg in ihm hoch. Er hatte Bastian endlich aus seinem Kopf verbannen wollen, doch nach diesem Gespräch war er wieder vollkommen durcheinander. Vermutlich hätte er ihn nie zu sich ins Haus bitten sollen, dann würde er jetzt nicht so stark an ihn denken!

Die Stille im Raum war nun kaum zu ertragen. Lediglich das leise Ticken der Uhrzeiger im gleichmäßigen Rhythmus war zu hören. Valentin versuchte sich wieder auf die Arbeit zu konzentrieren, doch ein merkwürdiges Geräusch, das von der Kirche herüberzukommen schien, gesellte sich in die einsame Lautlosigkeit hinein und ließ ihn erschrocken hochfahren. Sofort lief er zum Fenster, als von draußen fremde Stimmen an seine Ohren drangen. Ohne zu zögern, rannte er zur Haustür und zum Gotteshaus hinüber, wo er zu seinem Erstaunen die Torflügel weit offen stehend vorfand. Aus dem Inneren echoten leise wispernde Gespräche heraus, die Unbehagen in ihm auslösten. Kurz darauf nahm er polternde Geräusche wahr, als würde jemand etwas stapeln. Valentin zögerte, da er schon das Schlimmste befürchtete, überwand sich dann aber nach dem Lichtschalter zu greifen, der über den Kirchenbänken einen voluminösen Kronleuchter zum Glimmen brachte. Ein gegruseltes Keuchen schallte durch das Gemäuer. Vorsichtig wagte er sich in das Hauptschiff der Kirche hinein und starrte perplex auf die Szene vor sich. Er traute seinen Augen kaum. Das, was er insgeheim befürchtet hatte, sollte sich bewahrheiten. Rund um ihn herum befanden sich vier Männer, die gerade eilig dabei waren, kostbare Statuen und wertvolle Bilder in Holzkisten zu verpacken.

Zu seinem Entsetzen stellte er fest, dass die Männer schwarze Strumpfmasken trugen, die nur ihre Augen freigaben. Eine ungeheuerliche Wut überkam Valentin. Solange Priester Eduard noch abwesend war, war er für diese Kirche verantwortlich. Er konnte nicht zulassen, dass die Einbrecher mit den gestohlenen Gegenständen einfach so hinausstolzierten.

„Was soll das?!“, brüllte er, doch die Männer schienen wenig beeindruckt. Stattdessen verharrten sie und warfen sich vielsagende Blicke zu.

Valentin erkannte die Gefahr, die von den Dieben ausging, denn er sah, dass die Männer nach Schlagstöcken griffen, um dann mit schnellen Schritten wortlos auf ihn zuzukommen.

Es währte nur kurz, als Valentin einen dumpfen Schlag auf den Kopf abbekam, und noch ehe er sich zur Wehr setzen konnte, fand er sich auch schon auf dem kühlen Kirchenboden wieder. Ein paar Tritte in den Rumpf folgten, bis ihn ein weiterer Schlag am Kopf traf, der dazu führte, dass sich ein grauer Schleier über seine Augen legte, und er schließlich das Bewusstsein verlor.

Das Zimmer, in dem Valentin zu sich kam, war in einem satten Blau gestrichen. Schwere Vorhänge verdunkelten den Raum, sodass er nicht wusste, ob draußen Tag oder Nacht herrschte. Seine Sinne fühlten sich gedämpft und beinahe benebelt an, und sein Kopf dröhnte.

„Wie geht es Ihnen?“, erklang die Stimme einer jungen Krankenschwester, die plötzlich neben seinem Bett auftauchte.

Er war so benommen, dass er sie gar nicht hatte kommen hören.

„Es geht ... einigermaßen“, erwiderte er ruhig und mit schleppender Stimme. Sogar das Sprechen strengte ihn an.

Die Schwester schien seine Unsicherheit zu bemerken, denn sie fügte an: „Erschrecken Sie bitte nicht. Sie befinden sich in einem Krankenhaus.“ Dann machte sie eine kurze Pause, ehe sie weitersprach, als wollte sie ihm Zeit lassen, das soeben Gehörte zu verarbeiten. „Irgendjemand hat Sie in der Kirche überfallen und übel zugerichtet. Dabei hatten Sie wohl einen mächtigen Schutzengel, wenn ich das so formulieren darf.“ Sie lächelte ihn warmherzig an. „Ein Mann hat Sie gefunden und zu uns gebracht.“ Erneut machte sie eine kurze Pause, um ihn abwartend zu mustern. „Wer weiß, was geschehen wäre, hätte er Sie nicht gefunden!“

Valentin versuchte, sich zu erinnern. Sachte neigte er den Kopf zur Seite und bedachte die Schwester aufmerksam. „Wie heißt der ...“, er musste husten, wobei er die Hände auf die schmerzende Brust presste, „... der Mann, der mich gerettet hat?“, stieß er dann prustend hervor.

„Das kann ich Ihnen leider nicht sagen. Er hat Sie in die Notaufnahme gebracht, und als wir uns nach seinen Personalien erkundigen wollten, war er auch schon wieder verschwunden“, entgegnete sie schulterzuckend.

„Wie hat er denn ... ausgesehen?“, fragte Valentin leise stockend weiter.

Die Schwester geriet sofort ins Schwärmen. „Einfach zu gut!“ Sie räusperte sich verlegen. „Ähm ... entschuldigen Sie bitte. Er hatte ganz schwarzes Haar und war von großer, schlanker Statur.“

Valentin kam stark ins Grübeln. *Bastian?*

„Es ist seltsam, aber ich kann ... mich an nichts ... erinnern ...“, murmelte er betrübt.

Die junge Schwester sah ihn mitleidig an. „Machen Sie sich deswegen keine Sorgen, Sie leiden an einer retrograden Amnesie. In ein paar Tagen geht es Ihnen bestimmt schon besser. Wichtig ist jetzt, dass Sie schnell wieder zu Kräften kommen!“

Dann lächelte sie ihn erneut an und verließ das Zimmer so geräuschlos, wie sie gekommen war.

Valentin wälzte sich kummervoll im Bett hin und her, wobei er sich sofort wieder gerade hinlegte, da ihn jede noch so kleine Bewegung schmerzte. Seine Stimmung war an einem Tiefpunkt angekommen. Und wäre das nicht schon genug gewesen, betrat in diesem Moment auch noch Angela Thorsten das Krankenzimmer, die mit sorgenvoller Mimik sofort losplapperte. „Haben Sie mir vielleicht einen Riesenschrecken eingejagt! Spielen Sie bloß nie wieder den Helden - das ist die alleinige Sache der Polizei, verstehen Sie?“ Sie machte eine kurze Pause und schüttelte fürsorglich den Kopf, während sie ihre Hände seufzend vor der Brust zusammenschlug. „Das hätte auch viel schlimmer ausgehen können, Herr Burger!“

Trotz der kaum auszuhaltenden Schmerzen versuchte Valentin, sich im Bett in eine aufrechte Position zu bringen, was ihm nach einer für ihn endlos erscheinenden Weile auch zähneknirschend gelang. Er konnte es selbst nicht glauben, aber das belanglose Aufrichten war ein richtiges Erfolgserlebnis für ihn.

„Bleiben Sie ruhig liegen und übertreiben Sie bloß nichts!“ Kurz dachte Angela über etwas nach. „Über Ihr Amt brauchen Sie sich derzeit auch keine Sorgen zu machen. Die Taufe, die morgen stattgefunden hätte, wurde einfach verschoben, da auf die Schnelle kein anderer Priester einspringen konnte.“

„Das tut mir wirklich sehr leid“, erwiderte Valentin. Als Kaplan, wie seine richtige Berufsbezeichnung im Moment eigentlich noch lauten müsste, nahm er seine Arbeit sehr ernst und wollte niemanden enttäuschen. Und so eine Taufe war schließlich etwas ganz Wichtiges im Leben.

Stille kehrte ein, denn tief in seinem Inneren beschäftigte Valentin etwas ganz anderes.

„Die Schwester sagte mir, dass mich ein Mann gerettet habe. Wissen Sie mehr darüber, Angela?“

„Da kann ich Ihnen leider auch nicht weiterhelfen. Aber vielleicht meldet er sich ja noch bei Ihnen und gibt Ihnen die Möglichkeit, sich persönlich bei ihm zu bedanken.“

Bastian schluckte schwer und nickte stumm.

11

Der Gay-Klub war zum Bersten voll. In regelmäßigen Abständen ließen Bastian und Tamber es sich nicht nehmen, einen schwulen Klub in einer der nächsten Großstädte aufzusuchen.

Wie gewöhnlich hatten sie es sich in einer dunklen Raucherecke bequem gemacht und beobachteten, mit dem Rücken an den Tresen gelehnt, das rege Treiben auf der Tanzfläche.

„Der da drüben sieht auch nicht schlecht aus!“, rief Tamber laut, da seine Stimme in den dröhnenden Beats beinahe unterging.

Bastian sah sich mit forschenden Augen um. „Der in dem grünen Hemd und der schwarzen Hose?“

Tamber nickte. „Ja, genau der!“

„Nur weil er gut aussieht, heißt das noch lange nicht, dass er auch gut schmeckt!“

Tambers Gesichtszüge verhärteten sich. „... Das ist mir egal, denn ich habe Durst!“, wetterte er.

„Dann hol ihn dir doch!“ Bastian beobachtete den Fremden im grünen Hemd, der soeben hastig die Tanzfläche verließ und in Richtung Darkroom verschwand. „Auf was wartest du noch? Lauf ihm hinterher und schnapp ihn dir!“

Das wollte Tamber sich nicht zweimal sagen lassen, auch wenn es ihm lieber gewesen wäre, Bastian hätte ihn davon abgehalten. Blut zu trinken war die eine Sache, es mit einem unbekannten Typen zu treiben, aber die andere. Er fragte sich, warum Bastian nicht wenigstens ein einziges Mal ein klein wenig eifersüchtig sein konnte.

„Was ist, kommst du nicht mit?“, forderte er Bastian schließlich auf.

„Glaubst du etwa, ich lasse es mir entgehen, dir dabei zuzusehen, wie du mit ihm spielst und ihn letztendlich dabei aussaugst?“, lachte Bastian spöttisch. Dann bewegte er sich fließend hinter Tamber her.

Im Darkroom herrschte wie immer um diese Zeit reges Treiben. Für einen Moment sahen sich die beiden Männer um und machten ihr Objekt der Begierde auch gleich in einer dunklen Ecke aus. Ohne sich aufhalten zu lassen, setzten sie sich in Bewegung. Der Auserwählte war gerade dabei, sich von einem anderen Kerl, der vor ihm kniete, die Hose öffnen zu lassen, als Tamber seine Hände geschickt einbrachte und den Körper seines Opfers belustigt umspielte. Mit einem starren Blick zog er diesen sofort in einen Bann. Dabei nahmen Tambers Augen ein intensives Grün an, sodass der junge Mann sich bald geschlagen gab und den zuvor Aufgegabelten einfach beiseite stieß.

Tambers Durst war mittlerweile groß, und er musste das Blut des schönen Mannes kosten! Hier im Dunkeln würde sie keiner sehen, sie keiner stören und mitkriegen, was er tat. Langsam sank er vor der neuen Bekanntschaft in die Knie. „Wie heißt du, mein Freund?“, hauchte Tamber dem Brünetten zu, der um die zwanzig zu sein schien.

„Lars“, keuchte dieser zurück, in der Erwartung, von Tamber verwöhnt zu werden.

Mit einer flinken Handbewegung öffnete Tamber Lars` Hose zur Gänze, um an den Inhalt zu gelangen. Und der konnte sich durchaus sehen lassen! Die pralle Härte stählte sich ihm fordernd entgegen. Tamber fackelte nicht lange herum, schloss seinen Mund um die vor Lust glänzende

Eichel und begann, mit Genuss daran zu saugen, was Lars ein wohliges Stöhnen entlockte.

Bastian fühlte sich mit einem Mal fehl am Platz. Als er aus ungefähr einem Meter Distanz Tamber dabei zusah, wie dieser es der neuen Errungenschaft so richtig besorgte, musste er plötzlich an Valentin denken. Noch jetzt spürte er dessen weichen Körper an den Händen, als er diesen in der Kirche geschmeidig auf seine starken Arme gehievt und dann mit ihm über das Tal in Richtung Krankenhaus davongeschwebt war. Ein Gefühl, das er so schnell nicht vergessen sollte. Bis jetzt war er es immer gewesen, der den Männern den Kopf verdreht hatte, doch dieses Mal verhielt es sich genau umgekehrt. Valentin war so schön, dass er ständig an ihn denken musste. Sogar jetzt, in diesem Moment. Wie sollte er weiter vorgehen?

Würde Tamber es einfach so hinnehmen, erführe dieser erst, dass er, Bastian, sich in einen anderen Mann verliebt hatte?

Verliebt? Großer Gott, er hatte sich tatsächlich verliebt, wenn er das für ihn ansonsten so fremdartige Wort schon wieder so zweifelsfrei in den Mund nahm.

Vielleicht meinte Gott es ja wirklich gut mit ihm und dieser hatte ihm, wie er es schon einmal in Erwägung gezogen hatte, den blonden Prachtengel in guter Hoffnung zugeteilt. Vielleicht würde er ja in der Liebe endlich Erlösung finden!?

Bastian wusste, er war verflucht bis in alle Ewigkeiten, doch vermutlich ließe es sich mit Valentin an seiner Seite wieder leben!

12

Im Steinkamin brannte ein loderndes Feuer. Bastian sah nachdenklich in die aufsteigenden Flammen. Der Stadtausflug war zwar abwechslungsreich gewesen, aber zu seinem eigenen Entsetzen hatte er - im Gegensatz zu Tamber - keinen Mann angerührt.

Ständig war er mit seinen Gedanken bei Valentin ...

„Warum bist du in letzter Zeit so nachdenklich? Man könnte direkt glauben, aus dir wird noch mal ein treuer Gefährte! ... Und warum hast du dich im Klub nicht amüsiert? Sonst bist du es doch immer, der nichts, aber auch gar nichts, anbrennen lässt! Woher also auf einmal dieser große Sinneswandel?“, machte Tamber sich bemerkbar.

Bastian schritt vom Kamin weg und blickte Tamber mit einer Zornesfalte auf der Stirn an. „Mit mir ist alles in bester Ordnung, aber mit dir scheint etwas nicht zu stimmen!“

„Wieso sagst du so etwas?“

„Warum hast du diesen Mann mit in die Mühle geschleppt? Du hättest ihn auch gleich vor Ort aussaugen können. Aber nein, du musstest ihn ja unbedingt haben und herbringen! Sag mir, was machen wir jetzt mit ihm?“, fragte Bastian aufgebracht.

Tambers Augen funkelten wütend. „Ich begehre dich seit Jahrhunderten, während du dich ständig mit anderen Männern vergnügst. Vielleicht steht es mir ja auch einmal zu, mir ein Spielzeug zu holen!“ Er machte eine kurze Pause, ehe er fortfuhr. „Du treibst dich seit Neuestem ziemlich oft herum. Welchen Grund könnte es wohl dafür geben?“ Tamber musterte Bastian genau. Jede noch so kleine Regung wurde kritisch von ihm beäugt. „Es ist ein neuer Mann in dein Leben getreten, nicht wahr? Er muss etwas Besonderes sein, wenn es ihm gelungen ist, dein Interesse zu wecken!“

Bastians Augen verengten sich zu gefährlichen Schlitzen. „So ein Unsinn!“

Doch Tamber ließ nicht locker. „Unsinn? Sieh mich an, Bastian! Ich sehe doch, dass dich etwas verändert hat. Du empfindest etwas für ihn, nicht wahr? Wer ist der Mann? Kenne ich ihn?“

„Ich will mir diesen Schwachsinn nicht länger anhören! Kümmere dich lieber um dein neues Mitbringsel aus dem Klub! Er wird sicher bald erwachen, und dann kannst du versuchen, ihm zu erklären, warum er ausgerechnet in einem Sarg gebettet liegt.“

Tamber lachte höhnisch auf. „Zu spät! Er ist bereits einer von uns, Bastian!“

„Noch schlimmer! Ich dachte, wir hätten eine Abmachung getroffen, niemals in der Mühle einen Vampir zu erschaffen, schon vergessen?“, fuhr er ihn barsch an.

„Ich habe überhaupt nichts vergessen, aber du bist auch nicht mein Herr und Gebieter, der mir Befehle erteilen darf! Und wenn wir schon davon sprechen – halte dich fern von diesem ...“, er brachte das Wort kaum über die Lippen und verzog sein Gesicht zu einer erbärmlichen Fratze, „... Priester! Denk selbst mal darüber nach, was passiert, wenn der Pfaffe von unserer Existenz erfahren würde. Deshalb kann ich es umso weniger verstehen, dass du dich in letzter Zeit so oft im Dorf und auf dem Friedhof herumtreibst! Die Konsequenzen müssten dir doch bekannt sein - die Kirche würde uns unerbittlich jagen, und es würde wieder so sein wie vor ein paar Jahrhunderten, wo sie die Unseren neben den anderen Unschuldigen gehetzt und verbrannt haben! Pah!“

Eine unheimliche Stille breitete sich im Mühlenhäuschen aus, als Tamber plötzlich merklich zusammenzuckte und sich so klein wie möglich machte. Ohne Vorwarnung hatte Bastian sich mit funkelnden Augen auf ihn gestürzt, die Finger zu hässlichen, langen Krallen ausgefahren.

„… Was …?“, stotterte Tamber, da er den Gefährten noch nie so furchterregend und mit solch langen Fingern gesehen hatte. Bastian sah aus wie ein Monstrum!

„Wage es nie wieder, mir Vorschreibungen zu machen, haben wir uns verstanden?“, drohte Bastian in einem mehrstimmigen Ton, der sich beinahe jaulend anhörte und sogar dem hartgesottenen Untoten Tamber für einen Augenblick die Sprache verschlug. Erstarrt ließ dieser sich rücklings zu Boden fallen. „Wie hast du das gemacht, Bastian? Sag es mir … bitte!“

Erschrocken vor sich selbst, wich Bastian zurück und versuchte sich wieder zu beruhigen.

„Deine Finger, sie haben wieder ihr ursprüngliches Aussehen“, flüsterte Tamber beobachtend, jedoch noch immer verwirrt. „Wie machst du das bloß? Ich habe mich schon oft gefragt, warum ausgerechnet du dich so schnell von Verletzungen erholst und in der Lage bist, dich trotz Abneigung, für unbestimmte Zeit in der Nähe eines Weihkessels aufzuhalten. Warum vertraust du mir dein Geheimnis nicht an? Du weißt doch ganz genau, dass du mir alles sagen kannst, mir, der dich schon seit Jahrhunderten begleitet!“

Bastian funkelte Tamber abermals giftig an. „Du hast doch jetzt deinen eigenen Gefährten, dann kümmere dich auch gut um ihn!“, erzürnte er sich, ohne auf die Fragen zu antworten.

„Was soll das? Bist du etwa eifersüchtig? Ich habe ihn nur zum Zeitvertreib mitgenommen, da er mir gefallen hat. Ich habe ihm gezeigt, wer ich bin, und er hat so sein wollen wie wir."

„Dann warte ich jetzt schon mit Ergötzen darauf, wie du vor den Fürsten treten und ihm das beibringen willst!", spottete Bastian wütend.

„Warum? Er muss es ja nicht erfahren! Dieses Monster liegt irgendwo schlummernd in einem moderigen Sarg im See. Weshalb sollte es mich dann kümmern, was er darüber denkt?"

Bastian lachte über das ganze Gesicht, sodass seine weißen Eckzähne zum Vorschein kamen. „Hoffen wir es! Zu sicher wäre ich mir da an deiner Stelle aber nicht!"

13

Die ganze Nacht über hatte Valentin wach in seinem Bett gelegen und nachgegrübelt. Nachgegrübelt über Bastian und was er diesem sagen sollte, wenn er ihn das nächste Mal zu Gesicht bekäme.

Nun wurde es bereits Vormittag, an Schlaf war aber weiterhin nicht zu denken. Zu aufgewühlt hatten ihn die letzten Tage. Ihm war klar, dass er nicht einfach so tun konnte, als wäre nichts geschehen – nicht nachdem Bastian ihm vermutlich das Leben gerettet hatte! Wer hätte es sonst sein sollen, auf den diese Beschreibung haargenau passte?

Dennoch hatte Valentin Angst vor einer erneuten Begegnung. Wenn er an den Besuch Bastians bei sich zurückdachte, dann wurde ihm heiß und kalt zugleich. Und dann erst der Kuss! Er hatte sogar etwas dabei empfunden - etwas viel, wenn er ehrlich zu sich selbst war. Doch war das wirklich möglich, sich in einen Mann zu verlieben, dem er nur wenige Male begegnet war?

Er wusste es nicht. Aber im Moment waren das nicht die einzigen Probleme, die er hatte, da er noch immer Schmerzen verspürte. Sie lagen zwar durch die Medikation im Erträglichen, doch zu der von ihm erhofften Ruhe kam er deswegen nicht.

Als ihn endlich die Müdigkeit einzuholen gedachte, wurde unerwartet die Tür geöffnet und eine Schwester betrat das Krankenzimmer. Sie schien durch ihre robuste

Erscheinung nicht ansatzweise so nett zu sein wie ihre Kollegin, die sich gleich zu Beginn um ihn gekümmert hatte.

„Hier ist ein Brief für Sie!“, meinte sie eher kühl und drückte ihm einen weißen Umschlag in die Hand, ehe sie den Raum wieder verließ.

Da sich kein Absender darauf befand, öffnete Valentin ihn, nahm den zusammengefalteten Bogen heraus und schlug ihn auf. Ganz unten in der rechten Ecke des Blattes stand der Absender: Priester Schwarz!

Was wollte der Mann von ihm?

Zu Valentins Erstaunen standen nur ein paar Zeilen in der Mitteilung, deren Buchstaben in beinahe unleserlicher und zittriger Handschrift verfasst worden waren. Den Worten konnte er entnehmen, dass der Vorgänger von Priester Eduard ihn unbedingt sprechen wollte und es sich um eine wirklich dringende Angelegenheit handelte, die auf keinen Fall Aufschub duldete.

Valentin sog hastig frische Luft ein, das ihm in der Rippengegend sofort Schmerzen einbrachte, ehe er seufzend ausatmete.

Dieser Brief hatte ihm gerade noch gefehlt!

14

Nach einem mehr als zehntägigen Krankenhausaufenthalt befand Valentin sich wieder in seiner vertrauten Umgebung im Pfarrhaus. Leichte Schmerzen dominierten nach wie vor sein Leben, was ihn trotz der Medikamente, die er zu sich nahm, immer noch einschränkte.

Die Wundheilung auf seinem Kopf schritt jedoch gut voran und war durch sein dichtes, blondes Haar kaum noch wahrzunehmen.

Mittlerweile hatte der Alltag ihn wieder.

Bei der Polizei wurde in der Zwischenzeit Anzeige gegen unbekannt erstattet, und wie von ihm vorauszusehen war, hatten die Beamten die Diebe noch nicht dingfest machen können. Valentin bezweifelte stark, dass die Einbrecher überhaupt jemals gefasst wurden! An die schönen Skulpturen durfte er gar nicht denken!

Und was Pfarrer Schwarz betraf, hatte er sich vorgenommen, diesen zu einem späteren Zeitpunkt aufzusuchen.

„Halten Sie sich ja an die Vorschreibungen des Arztes!", ermahnte Angela ihn in ihrer übertriebenen Fürsorglichkeit, als sie wie immer um diese Uhrzeit gerade dabei war, in ihren Mantel zu schlüpfen, um nach Hause zu gehen.

„Jaja, ...", nuschelte Valentin leise vor sich hin.

Als Angela das Pfarrgebäude endlich verlassen hatte, musste er wieder einmal unweigerlich an Bastian denken. Auch wenn es sich noch so absurd anhörte – er fehlte ihm!

Eigentlich wäre es das Beste für sie beide gewesen, sich nicht mehr zu sehen. Doch unter den gegebenen Umständen konnte er es nicht. Er musste unbedingt herausfinden, ob Bastian sein Retter war, um sich zu bedanken – auch wenn er innerlich genau wusste, dass das keine gute Idee war!

Am nächsten Abend legte sich zu später Stunde auffallend dichter Nebel um das Dorf, sodass es selbst Valentin nicht entging. Dennoch dachte er nicht weiter darüber nach. Er saß gerade vor dem Notebook und konzentrierte sich auf das Schreiben des Pfarrblattes, das in regelmäßigen Abständen an jeden einzelnen Haushalt im Dorf verteilt wurde. Doch so sehr er sich auch in seine Arbeit stürzte, Bastian ließ ihm trotzdem keine Ruhe. Das makellose Gesicht und der Kuss, den dieser ihm gegeben hatte, verfolgten ihn überallhin.

Valentin seufzte, versuchte sich jedoch weiter zu konzentrieren, um den Rest des Pfarrbriefs ordnungsgemäß fertig zu tippen. Ein ohrenbetäubendes Geräusch ließ ihn jedoch kurze Zeit später gebannt aufhorchen, sodass er spontan von der Tastatur abließ. Orgelmusik in den feinsten Klängen drang an seine Ohren. Probte der Orgelspieler etwa mit dem Kirchenchor?

Angestrengt überlegte er und sah auf die Uhr. Die Zeiger der kleinen Tischuhr zeigten bereits auf zweiundzwanzig Uhr. Den Kirchenchor konnte er also schon einmal ausschließen. Zudem waren nur die äußerst kraft- und klangvollen Orgeltöne zu vernehmen.

Kopfschüttelnd stand er auf, verließ das Haus und trat, ohne zu zögern, den Weg zur Kirche hinüber an.

Als Valentin beim Gotteshaus ankam, fand er die Tore nur angelehnt vor, obwohl er hätte schwören können, diese verschlossen zu haben. Zögernd sah er sich um. Doch in der Finsternis herrschte – mit Ausnahme der Orgelmusik, die aus dem Inneren drang - erdrückende Stille. Außer ihm war niemand zu sehen. Vorsichtig betrat er die Kirche, machte das Licht an und schritt den gefliesten Boden entlang, um die geschwungene Steintreppe nach oben zu nehmen. Es war ein seltsames Gefühl, das ihn dabei begleitete. Seit dem Überfall war es das erste Mal, dass er sich nachts in die Kirche wagte.

„Angela?", fragte er unsicher nach, als er oben ankam.

Sein Instinkt verriet ihm jedoch, dass es nicht Angela sein konnte. Wie von ihm erwartet, erhielt er keine Antwort.

Ungeduldig bog er um die Ecke, und sein Herz beschleunigte sich, als er den ansehnlichen Rücken eines Mannes sah, der seelenruhig an der Orgel saß und mit den Fingern klangvolle Töne erzeugte, die das Gotteshaus in Ehrfurcht erbeben ließen. Valentin war von der Melodie sofort angetan.

Auf dem Orgelkörper standen zwei silberne Halter, deren Kerzen entfacht waren, während hart gewordenes Wachs symbolisch von den Leuchtern herabtropfte.

Nur langsam überwand Valentin sich, sich dem Organisten, dessen schwarzes Haar im Schein des Lichts hell glänzte, zu nähern.

Bastian!

Ohne sich dagegen wehren zu können, fing sein Herz an, noch kräftiger zu schlagen, und sein Atem ging schneller. Er hatte mit Bastians plötzlichem Erscheinen überhaupt nicht gerechnet und war nun verunsichert, auch wenn sein Körper eindeutige Signale von sich gab und ein heftiges Verlangen seinen Leib durchströmte.

Bastian schien vertieft in die Musik und vollführte mit seinem Oberkörper auf einem roten Samthocker sitzend rhythmische Bewegungen, während seine Finger gnadenlos und gleichzeitig mit viel Gefühl die Tasten bedienten.

Valentin versuchte, den überaus harmonischen Klängen seine ganze Aufmerksamkeit zu schenken und verhielt sich ruhig, bis die Musik verstummte und Bastian sich majestätisch erhob. Dabei sah er so gut aus wie bei ihrem ersten Aufeinandertreffen.

„Hallo Valentin", begrüßte er ihn galant und kam näher. Seine Stimme klang so süß wie Honig.

Valentin nickte. „Hallo ... Du spielst ziemlich gut ... Was für ein wunderbares Stück!"

„Es ist schön, dass dir die Melodie gefallen hat. Ich habe dieses Stück nur für dich komponiert – sozusagen als kleine Wiedergutmachung, da ich mich bei meinem letzten Besuch nicht gerade angemessen verhalten habe ... Bitte verzeih mir diese grobe Taktlosigkeit - ich wollte dich nicht beleidigen oder gar in Verlegenheit bringen."

Valentin horchte aufmerksam zu. Er wusste genau, worauf Bastian anspielte. Immerhin hatte dieser es gewagt, ihn danach zu fragen, weshalb er so verklemmt sei und ob er überhaupt schon sexuelle Erfahrungen gemacht habe.

„Entschuldigung angenommen ... Und ich muss mich bei dir bedanken, dass du mich gerettet hast – du warst es doch, nicht wahr?", fragte Valentin leise, während er Bastian in die braunen Augen sah, die ihn nicht zum ersten Mal um den Verstand brachten, und fügte vorsichtig hinzu: „Wenn uns hier jemand sieht! Du weißt, was die Bewohner von dir halten!"

Bastian nickte gelassen und trat einen weiteren Schritt näher heran. „Keine Ursache, ich habe es gern getan - aber tu mir einen Gefallen und denk für einen Moment nicht an die Dörfler, sondern nur daran, was *dir* guttut", sprach er mit sinnlicher Stimme und streckte die Hand nach dem jungen Priester aus, um ihm sanft über die rechte Wange zu streichen, deren Haut sich so unwiderstehlich weich anfühlte.

Valentin genoss die zarte Berührung, auch wenn sich ein Teil von ihm massiv dagegen sträubte. Für Sekunden schloss er die Augen und gab sich der verbotenen Liebkosung hin. Als er kurz darauf die Lider wieder öffnete, wich er jedoch einen Schritt zurück und räusperte sich verlegen. Sein Herz wollte sich einfach nicht beruhigen, es fühlte sich an, als würde es ihm jeden Moment aus der Brust springen. In diesem Augenblick wurde ihm so richtig bewusst, dass er seine Gefühle nicht länger vor Bastian verbergen konnte. Dennoch siegte wieder die Feigheit über ihn. Es war falsch, was er hier tat! „Bastian, wir dürfen das nicht! Hör bitte auf!"

Wortlos und enttäuscht ließ Bastian die Hand nach unten gleiten. „Ich wollte dich nicht überfordern, aber ich ... empfinde ... etwas für dich, was ich nicht weiter ignorieren kann!" Abwartend sah er Valentin an, während dieser flüchtig über seine linke Schulter zurücksah. Hoffentlich hatte sie niemand belauscht!

„Du weißt, dass ich Priester bin – es geht einfach nicht, Bastian!", flüsterte er leise. Es schmerzte ihn, aber es war die Wahrheit. Sein Beruf gestattete es ihm einfach nicht, jemanden richtig zu lieben, auch wenn sein Innerstes noch so sehr dagegen rebellierte – er musste sich endlich mit dieser Tatsache abfinden!

Bastian schien genau abzuwägen, was er sagen sollte, und Valentin überkam erneut das Gefühl, dieser würde seine Gedanken lesen – auch wenn das natürlich völlig absurd war.

„Soll das etwa heißen, du würdest meine Gefühle erwidern, wenn die Kirche nicht zwischen uns stünde?", hakte Bastian vorsichtig nach, obwohl er die Antwort bereits kannte.

Wie immer, wenn Valentin nervös wurde, fuhr er sich verlegen durch sein blondes Haar. „Bastian, es wäre besser, diese Frage bliebe unbeantwortet."

„Also liege ich mit meiner Vermutung gar nicht mal so falsch?"

„Ich weiß es nicht ... Zumindest kann ich es auch nicht mehr zur Gänze ausschließen", log Valentin - und das ziemlich augenscheinlich. Übergangslos sprach er weiter. „Wie bist du überhaupt in die Kirche gekommen?" Unbehagen beschlich ihn, da er an den brutalen Überfall zurückdachte. „Und hast du nicht behauptet, Weihrauch nicht besonders zu vertragen?"

Schweigsam sahen sie sich an.

„Als ich hier eintraf, standen die schweren Torflügel bereits offen. Anscheinend musst du vergessen haben, sie zu verschließen! ... Und was den Geruch von Weihrauch betrifft, so habe ich mich dir zuliebe überwunden."

Valentin dachte angestrengt nach. „Wie dem auch sei – ich kann das nicht ... Ich muss jetzt wieder ins Pfarrhaus hinübergehen." Es fiel ihm sichtlich schwer, diesen Satz über die Lippen zu bringen, aber er hatte es einfach aussprechen müssen. Er durfte Bastian nichts vormachen - dafür war er einfach zu ehrlich!

„Schade! Ich hätte deine Anwesenheit gerne noch ein paar Minuten länger genossen", erwiderte dieser sanft.

Bastian brachte Valentin damit in ziemliche Bedrängnis. Am liebsten hätte er ihm einfach gesagt, dass er ebenfalls noch gerne länger geblieben wäre – und noch viel mehr ... Aber es ging einfach nicht! Er durfte es nicht, auch wenn ihn dieses Wissen in der Brust ungemein schmerzte.

Plötzlich hörte er gedämpfte Schritte – so, als würde jemand die Treppe nach oben kommen, und er drehte sich um.

„Herr Pfarrer?"

Stille.

„Herr ... Pfarrer!“ Angela betonte das letzte Wort extra lang, da ihr der Schock sichtlich tief in den Knochen steckte, als sie plötzlich hinter ihm stand. Anscheinend reichte der bloße Anblick Bastians, sie erneut in blanken Schrecken zu versetzen. „Ich ... ich habe das Licht gesehen, als ich mit dem Auto vorbeifuhr, und die Orgelmusik gehört, da wollte ich nur nachsehen, ob auch alles in Ordnung ist, nachdem Sie erst neulich überfallen worden sind“, sprach sie eine Spur zu schnell, da sie noch immer nicht glauben konnte, dass der Mann, vor dem sich das ganze Dorf fürchtete, sich ausgerechnet in der Kirche aufhielt.

„Es ist alles in bester Ordnung, Angela. Sie können also beruhigt nach Hause fahren“, versuchte Valentin gefasst zu reagieren, damit Angela keinen Verdacht schöpfte.

Ihr Blick ruhte auf Bastian, der sie mit den Augen, wie schon beim letzten Mal, durchdringlich musterte, was ihr überhaupt nicht behagte. „Sind Sie sicher?“, wiederholte sie zaghaft, wandte sich aber abrupt ab, als Valentin die Frage mit einem einfachen Nicken quittierte, und lief eilig die Steintreppe nach unten.

Valentin wusste nicht, ob Angela tatsächlich den Nachhauseweg eingeschlagen hatte, aber es interessierte ihn auch nicht weiter. Ihn quälten im Moment ganz andere Sorgen. Als er sich jedoch wieder umwandte, war Bastian bereits verschwunden.

„Bastian?“ Valentin trat näher an die Orgel heran und sah sich aufmerksam um, doch von dem Freund fehlte jede Spur. Plötzlich fühlte er sich an ihre erste Begegnung zurückversetzt.

„Bastian, was soll das?“ Doch wieder erntete er nur Schweigen.

Kopfschüttelnd und fassungslos zugleich lief Valentin wenig später die Treppe nach unten und steuerte zielgerecht den Kirchenausgang an. Beinahe penibel achtete er darauf, das zweiflügelige Kirchentor dieses Mal auch wirklich zu versperren. Erst dann ging er zum Pfarrhaus zurück. Er wusste nicht, wieso, aber mit einem Mal schienen die Schmerzen in seiner Brust, die unangenehm in den Rücken ausstrahlten, wieder an Stärke zugenommen zu haben. Doch im Moment kümmerte ihn auch das nicht, auch wenn er sich in den letzten Tagen gewünscht hatte, endlich von dem Leiden befreit zu werden.

Als er sich im Haus befand, wirkte die Stille, die ihn umgab, beinahe gespenstisch. Valentin war vollkommen durcheinander, also nahm er sich vor, zunächst eine warme Dusche zu nehmen, um einen einigermaßen klaren Kopf zu erlangen.

Kurze Zeit später prasselte das lauwarme Wasser über seinen nackten Körper. Den Kopf in den Nacken gelegt und mit geschlossenen Augen, genoss er die feinen Wasserstrahlen, die aus dem breiten Duschkopf strömten und sich wie Fontänen über seinen Körper verteilten. Die Wärme auf der weichen, geschmeidigen Haut fühlte sich unglaublich gut an, und die kleinen Wasserperlen auf seinem Leib kribbelten wohlig den Rücken hinab und ließen ihn für kurze Zeit die teilweise unerträglichen Rippen- und Rückenschmerzen sowie den Vorfall mit Bastian vergessen. Ganz in sich gekehrt, hörte er plötzlich ein raschelndes Geräusch, das aus dem Schlafzimmer kam, welches nur durch eine Schiebetür, die er offen gelassen hatte, vom Bad getrennt war. Für Sekunden lauschte Valentin in die einzig vom Wasserplätschern unterbrochene Stille hinein, aber da war nichts, was er dem Geräusch von vorhin hätte zuordnen können. Kopfschüttelnd gab er sich wieder dem angenehmen Nass hin und dachte nicht weiter darüber nach. Der wohlduftende Geruch des Duschgels, das er auf seiner feuchten Haut verteilt hatte, strömte ihm angenehm in die

Nase, als er plötzlich erschrocken zusammenfuhr und einen kalten, aber sich weich anfühlenden Männerkörper hinter sich vernahm, der ihn mit zärtlichen Händen kräftig umschlang und sich geschmeidig an seinen nassen Rücken drückte. Zunächst schien Valentin überrascht, doch dann glaubte er zu erahnen, wer sich zu ihm unter die Dusche geschlichen hatte, ohne die Kabine zu schließen. Sofort versuchte er, darauf zu reagieren. „Bastian, ich ..." Er fühlte sich völlig überfordert.

„Mon Cher ...", hörte er Bastian leise flüstern, als dieser mit seinen weichen Lippen an seinem linken Ohrläppchen zu knabbern begann. Es war eine sehr zärtliche Liebkosung, und Valentin vernahm ein angenehmes Kribbeln in seinem Bauch. Krampfhaft versuchte er, der Lust, die in seinem Innersten tobte, Einhalt zu gebieten, doch das war schwerer, als er gedacht hatte. Die Zärtlichkeit, mit der Bastian vorging, schien beinahe gnadenlos zu sein, sodass er den Gefühlen, die er dabei verspürte, nur schwer widerstehen konnte.

„Lass dich einfach nur treiben und vergiss für einen Moment alles um dich herum ...", hauchte Bastian ihm erregt ins Ohr, während er seine weiche Haut an dem Theologen rieb.

Es war ein berauschendes Gefühl für Valentin, den mit leichten Muskeln bepackten Körper an seinem Rücken wahrzunehmen. Dabei spürte er Bastians angeschwollenes Geschlecht, das sich sanft an sein Hinterteil drängte, während ihn starke Hände hingebungsvoll umklammerten. Er genoss den Augenblick in vollen Zügen, und er wollte, dass dieser Zustand unter keinen Umständen aufhörte. Jede noch so kleine Berührung löste tief in ihm ein prickelndes Feuer aus, und das Verlangen, Bastian endlich selbst zu berühren, stieg ins Unermessliche. Zu schön war der intime Moment!

Augenblicklich löste sich Bastian von ihm und glitt langsam nach vorne, um dann vor ihm auf die Knie zu sinken. Mit dunklen Augen sah er wollüstig zu Valentin auf. Das schwarze Haar war pitschenass, und die feinen Wasserstrahlen hatten kleine Perlen auf seiner Haut hinterlassen. Valentin stockte beinahe der Atem. Warum ließ er sich von diesem Mann verführen?

Unvermittelt wurde ihm klar, was er da eigentlich gerade machte. Doch er würde diesem betörenden Blick und der ungezügelten Leidenschaft, die aus Bastians Augen sprachen, nicht widerstehen können. Nicht dieses Mal!

Sein Herz schlug Purzelbäume. Eine zügellose Sehnsucht schien auf einmal in ihm zu erwachen. Von nun an ließ er sich nur noch von seiner unabdingbaren Lust und starken Emotionen treiben. Mit rasendem Herzklopfen sah er dabei zu, wie Bastians Zunge aus unstillbarer Gier begann, seine Eichel zu verwöhnen, bevor dieser einen Teil des harten Glieds im Mund aufnahm und genussvoll anfing, daran zu saugen. Erneut schickte Bastian einen bahnbrechenden Blick zu ihm hoch, ehe er Valentins ganze Härte im Rachen verschwinden ließ und zunächst sanft, dann ungestümer, den Kopf bewegte.

Ein Glücksgefühl durchflutete Valentins Körper. Mühselig unterdrückte er einen Aufschrei und legte seinen Kopf mit geschlossenen Augen in den Nacken, während er sich gleichzeitig mit dem Rücken gegen die feuchten Badefließen drückte. Sein Atem ging schneller, und sein Herz überschlug sich in einer gewaltigen Gemütserregung, die er jedoch kaum in Worte fassen konnte. Liebevoll krallte er seine Hände in Bastians weiches Kopfhaar und genoss dabei das wunderbare Gefühl, das ihn durchströmte. Dann schlug er die Lider wieder auf und blickte mit leicht geöffnetem Mund zu Bastian hinab, der mit echter Hingabe den vor Lust zuckenden Penis in seiner Mundhöhle gefangen hielt.

Valentin konnte sich nicht länger zurückhalten und ergoss sich mit einem Hochgefühl stoßweise und etwas vorzeitig in Bastians Rachen. In seiner Ekstase griff er nach dessen Schultern, zog ihn tonlos zu sich hoch und drückte ihn behutsam gegen die Fliesenwand, während er seine Hände um dessen Körper schlang, sich zärtlich an ihn schmiegte und seinen Mund voller Leidenschaft auf den von Bastian presste. Dieser war überwältigt von dem Liebesrausch, den Valentin ihm plötzlich entgegenbrachte. Die Verlockung, das unschuldige Blut zu kosten, war noch nie so groß gewesen. Doch er setzte alles daran, nicht spontan über ihn herzufallen. Nicht über Valentin, diesem überaus gütigen und gleichsam wunderschönen menschlichen Geschöpf, das es ihm gestattete, es zu lieben! Die vollen Lippen, die Bastian auf den seinen spürte, fühlten sich so unglaublich warm an. Beinahe ehrfürchtig sah er seinem blonden Engel tief in die eismeerblauen Augen, die ihn voller Zuneigung und drängender Erwartung anblickten.

Bastian wusste, dass es Valentins erste richtige sexuelle Erfahrung war und wollte deshalb besonders behutsam mit ihm umgehen. Auch wenn er ihn am liebsten gleich ohne derartiges Vorspiel genommen hätte. Mit leichtem Druck öffnete er mit seiner Zunge die einladenden Lippen, und ohne zu zögern, ließ dieser ihn mit einem leisen Stöhnen gewähren. Ihre Zungen tasteten sich langsam ab, bevor aus dem zarten Kuss ein regelrechter Gefühlsrausch wurde und sie aus inniger Leidenschaft ungestüm über sich herfielen.

Bastians Hände streichelten unwillkürlich über den Rücken des Priesters, bis er die festen Pobacken umfasste, sie knetete und drückte, während sein aufgerichteter Schaft sich an Valentins Geschlecht rieb. Zielstrebig führte er seine Hand unter die rechte Kniebeuge des Geliebten, sodass er dessen Fuß nach oben hob, der ihn sogleich umschlang.

Valentins Herz setzte kurz aus, und er hielt für einen Moment den Atem an, hörte spontan auf, sein reizvolles Gegenüber zu küssen und verharrte nur ruhig mit den

Lippen auf denen von Bastian, um diesen intimen Augenblick in vollen Zügen auszukosten. Sein Körper zitterte vor Verlangen, und Bastian keuchte laut. Ein Blick in Valentins Augen genügte, um Bastian zu bestätigen, dass er die Glut darin entfacht hatte. Erneut hätte er ihn am liebsten einfach gegen die Badefliesen gedrängt und ihn vernascht, doch er hielt sich tapfer zurück. Es war nicht nur der verführerische Duft des Blutes, der ihn so sehr erregte, vielmehr war es der Körper des schönen Priesters, der ihn um den Verstand brachte. Doch nicht nur das! Er hatte sich tatsächlich in Valentin verliebt!

Sekunden verstrichen, in denen sie sich im Taumel der Gefühle nur ansahen, bis Bastian Valentins Bein sachte losließ. Valentin verstand sofort und glitt langsam mit seinem Körper nach unten, während seine Hände zart Bastians Bauch bedeckten. Vorsichtig tastete sich sein Mund abwärts und pflanzte sanfte Küsse auf den Unterleib seines Angebeteten, der ihm mit prickelnder Erregung dabei zusah.

Valentins Herz klopfte aufgeregt. Es war das erste Mal, dass er einen fremden Penis so genau begutachtete. Der pralle, mit feinen Äderchen überzogene Schwanz ragte ihm verlockend entgegen. Neugierig betrachtete er die Eichel mit der kleinen Ritze, an der bereits die ersten Lusttropfen austraten. Als er Bastians starke Hände auf seinem Kopf spürte, die ihm durch sein blondes Haar strichen und ihn leicht nach vor bugsierten, öffnete er seine sinnlichen Lippen und nahm die pralle Eichel in den Mund, während er die Augen geschlossen hielt. Behutsam begann er zu saugen, da er nichts falsch machen wollte. Er hatte schließlich keinerlei Erfahrung und wollte Bastian nicht enttäuschen.

Als Bastian diese Gedanken las, bewegte er sein Becken, um Valentin einen bestimmten Rhythmus vorzugeben. Mit Genuss sah er dabei zu, wie dieser ihn lustvoll befriedigte. Wie gut würde es sich erst anfühlen, sich tief in Valentin zu bewegen, ihn zu lieben und sich mit einem Aufschrei in ihm zu ergießen? Ein wohliges Schnurren drang über seine Lippen.

„Herr Pfarrer! Was in Gottes Namen ... machen Sie da?", erklang es aus heiterem Himmel mit einem entsetzten Aufschrei hinter ihnen.

Valentin wirbelte herum, als hätte ihn soeben ein giftiger Pfeil getroffen, während Bastian ruhig stehen blieb und Angela Thorsten mit blitzenden Augen anfunkelte, die sich erschrocken beide Hände vor den Mund hielt und einen Gesichtsausdruck machte, als wäre sie einem Herzinfarkt nahe. Ohne jedoch noch etwas zu sagen, kehrte sie den beiden Männern angstvoll den Rücken zu und verschwand so schnell, wie sie gekommen war.

Am nächsten Morgen war Valentin so nervös, dass er am liebsten gar nicht aufgestanden wäre. Die ganze Nacht hatte er wach gelegen und darüber nachgedacht, was er Angela sagen sollte. Vermutlich hatte sie es zwischenzeitlich schon im Dorf herumerzählt!

Wenn der Bischof das erst hören würde ... Valentin wurde schlagartig übel. Er hatte einen Skandal heraufbeschworen! Unwillkürlich musste er an seinen Vater, einen Politiker, denken. Was, wenn die Medienwelt davon erfahren würde?

Die Schlinge um seinen Hals zog sich immer enger zu, und dennoch war da dieses mächtige Gefühl für Bastian, das er nicht mehr missen wollte. Aber war er wirklich schon bereit, zu sich und den neuen Emotionen zu stehen? – Musste das Ganze ausgerechnet jetzt passieren, da er gerade dabei war, seine eigene Persönlichkeit anzunehmen?

Doch so sehr er sich auch damit quälte, er war Priester, und schon allein diese Tatsache würde immer zwischen ihnen stehen. Was sollte er nur tun? Er fühlte sich wie ein Schwerverbrecher, obwohl er eigentlich nichts Schlimmes verbrochen hatte. Für die Kirche war es eine schwere Sünde, das war ihm klar, aber er hatte doch nur geliebt, nichts weiter! Die Kirchenoberhäupter würden ihn verdammen, in ihm eine Schande und puren Abschaum sehen. Erst jetzt verstand er, was mit Sicherheit demnächst auf ihn zukommen würde. Auf was hatte er sich da bloß eingelassen?

Unwillkürlich schweiften seine Gedanken wieder zu Bastian ab. Auch für diesen musste die gestrige Nacht ein Schock gewesen sein, denn nach ihrer Liebelei war er ziemlich schnell verschwunden. Wieder einmal! Doch in Anbetracht der Umstände, die sich ereignet hatten, konnte Valentin dessen Flucht durchaus nachvollziehen, auch wenn er sich gewünscht hätte, in den darauffolgenden Stunden nicht allein zu sein.

Valentin sah auf die Uhr. Es war kurz vor sieben. Widerwillig schlenderte er in die kleine Küche, um sich einen starken Kaffee zu machen, den er jetzt dringend benötigte. Er wunderte sich, dass Angela noch nicht da war. Vermutlich stand sie noch immer unter Schock.

In zwei Stunden musste er zur Eröffnung eines Autohauses, um dieses in Form einer heiligen Messe einzuweihen. Danach ging es für ihn weiter zu einer langweiligen Gemeinderatssitzung. Es war ihm jetzt schon ein Gräuel, nur ansatzweise daran zu denken. Mit Unbehagen sah er in Gedanken die empörten Blicke der Dörfler vor sich, sollte Angela ihre Beobachtung tatsächlich weitergegeben haben.

15

Bastian stieg die knarrende Holztreppe zu den unterirdischen Grüften der Wassermühle hinab. Unten angekommen, schritt er langsam, beinahe schwebend, den Gang entlang, an dessen Wänden sich in regelmäßigen Abständen schwarze Halterungen aus massivem Eisen befanden, in denen kurze Fackeln steckten, die der tief liegenden Grabkammer ein fahles Licht verliehen.

Seine Gedanken gehörten einzig und allein Valentin und der letzten Nacht, die er noch berauschend in Erinnerung hatte.

„Da bist du ja endlich!“, hörte er Tamber gähnend stöhnen, als er um die Ecke bog und in einen länglichen Raum trat, in dem mehrere prunkvolle Steinsärge nebeneinander auf Sockeln aufgebahrt ruhten. In einem dieser Särge lag Tamber mit seinem Gespielen, der jedoch nur bleich dalag und die Augen geschlossen hielt, als würde er fest schlafen. „Wo bist du so lange gewesen? Ich habe mir bereits Sorgen um dich gemacht!“, probierte Tamber es erneut.

„Ich war noch im Dorf, um meinen Durst zu stillen“, erwiderte Bastian ruhig, stieg auf das Podest und legte sich gemächlich in den mit roter Samtdecke und dem dazupassenden Kissen ausgestatteten Sarg. Den harten Steindeckel über seinem Körper zog er nur halb zu, sodass sein Kopf unbedeckt blieb.

Für eine Weile herrschte Totenstille, nur das Tropfen von den feuchten Wänden war zu hören.

„Bastian, du solltest dich nicht mehr im Dorf blicken lassen! Lars war kurz zuhause, und er hat mir heute erzählt, dass der Bürgermeister einen Parapsychologen angeheuert hat, um nach uns zu suchen. Der Mann scheint außerdem eng mit der Kirche in Verbindung zu stehen. Ich wollte es dir schon eher sagen, aber du warst wieder mal nicht da!"

Bastian wurde hellhörig. Eigentlich hatte er im Moment nur Augen für Valentin, doch diese Nachricht von Tamber irritierte ihn nun doch ein wenig. „Woher will Lars das so genau wissen?"

Tamber richtete sich in seinem breiten Steinsarg auf und blickte zu Bastian hinüber. „Seine Mutter, Angela Thorsten, hat es ihm erzählt. Zudem scheint sie langsam Verdacht zu schöpfen, dass mit ihrem Sohn etwas nicht in Ordnung ist ... Lars meinte, dass sie vorhätten, in die Mühle zu kommen, da der Bürgermeister *das Böse* endlich vernichten möchte!" Tamber lachte boshaft auf. „Es könnte also durchaus passieren, dass wir demnächst ungeladene Gäste bekommen!"

Bastian überlegte angestrengt. Nur nicht jetzt! Er wollte nicht weg von hier, da er sich weiter in der Nähe von Valentin aufhalten wollte. „Ist sich Lars auch ganz sicher? Angela Thorsten erzählt viel, wenn der Tag lang ist. Diese Frau ist für mich nichts weiter als eine widerwärtige Menschenkreatur!"

Tamber nickte verstehend. „Dennoch sollten wir auf der Hut sein! Ich habe darüber nachgedacht, ob wir uns nicht für eine Weile auf das Landgut zurückziehen sollten. Dort wären wir wenigstens vorübergehend geschützt – vorausgesetzt, der alte Fürst erwacht nicht vorzeitig zum Leben!" Tamber räusperte sich, und sein Gesicht wurde noch bleicher, als es ohnehin schon war. „Du hast letztens so seltsam auf meine

Frage reagiert - glaubst du, der Gebieter könnte bereits erwacht sein, ohne dass wir es spüren?“

Eine unheimliche Stille durchzog den feuchtkühlen Raum.

„Wer weiß das schon!?“, gab Bastian ungerührt zurück.

Tamber wirkte angesäuert. Bastians zynische Antworten gingen ihm mittlerweile ziemlich auf die Nerven. „Warum lässt du mich deine Gedanken nicht mehr lesen?“

„Weil ich ein Recht darauf habe, meine Gedanken für mich zu behalten. Das dürfte ja wohl nicht so schwer zu verstehen sein!“, erwiderte Bastian bestimmt.

Erneut trat Stille ein, die jedoch nur von kurzer Dauer war.

„Weißt du, was ich denke? Ich glaube, der neue Priester hat uns das eingebrockt. Erst als er in dieses Dorf kam, begann der ganze Ärger, und jetzt haben wir auch noch einen Vertreter der Kirche am Hals. Vielleicht sollte ich mich mal um diesen hässlichen Pfaffen kümmern!?“

In Bastians Inneren begann es gewaltig zu brodeln. „Woher willst du wissen, dass er hässlich ist, wenn du dich doch nie im Dorf blicken lässt?“

„Du hast es mir selbst gesagt! ... Also wirst du mir nun dabei helfen, den Priester heimzusuchen?“

Bastian erschauderte bei dem Gedanken, irgendjemand könnte Valentin, mit dem er noch vor wenigen Stunden Zärtlichkeiten ausgetauscht hatte, auch nur ein Haar krümmen. „Der Priester hat damit nicht das Geringste zu tun!“

„Woher willst du das so genau wissen?“, erkundigte Tamber sich, dem das Gespräch ganz und gar nicht mehr behagte.

„Weil ich ihn eine Weile beobachtet habe. Der gute Mann ist nur mit Kirchenkram beschäftigt ... Ich denke, dass diese Thorsten hinter allem steckt. Die Frau scheint eine richtige Furie zu sein!“

Tamber überlegte. „Ich hätte ihr ja schon längst einen grauenerregenden Besuch abgestattet, aber Lars hat etwas dagegen, da es sich schließlich um seine Mutter handelt“, meinte er achselzuckend, ehe er weitersprach. „Und was den Pfaffen betrifft – Lars erzählte mir, dass der Priester wohl auch seine Finger im Spiel haben soll, was diesen Parapsychologen anbelangt. Unterschätzen dürfen wir diesen Bastard keineswegs! ... Du hast dich doch daran gehalten, was ich gesagt habe, und dich ihm bis jetzt nicht zu erkennen gegeben, oder?“

„Wieso fragst du das?“

„Der Pfaffe war bei der Alten, und die hat ihm, aufgrund ihrer hellseherischen Fähigkeiten - zumindest behauptet das diese Thorsten -, eine Glaskugel geschenkt. Ich bin mir ziemlich sicher, dass diese Gardner ihm dazu geraten hat, er solle seine Gedanken vor einem wie uns nicht preisgeben. Du weißt, dass das bei manchen Menschen tatsächlich funktioniert. Sie denken in dem Moment, in dem du sie mit deinen Augen durchdringst, an gar nichts. Also sage ich es dir noch einmal: Hüte dich davor, auch nur in die Nähe dieses Priesters zu kommen!“

Bastian überlegte angestrengt, sagte jedoch kein Wort. Tatsächlich war es ihm aufgefallen, dass Valentin – zumindest in Bruchteilen – seine Gedankengänge vor ihm geheim gehalten hatte. Konnte es also sein, dass er sich in ihm getäuscht hatte? Wusste Valentin vielleicht doch mehr, als er zugab?

Bastian dachte an die Glaskugel zurück, von der Tamber soeben gesprochen hatte. Und fürwahr hatte er auch diese im Pfarrhaus gesehen. Doch wollte er wirklich daran glauben, dass Valentin ein derart guter Betrüger war, der in

Wahrheit nur daran dachte, ihn und sein Gefolge im Auftrag der Kirche zu vernichten?

Bastian wollte und konnte das nicht glauben! Zum ersten Mal nach so langer Zeit des zügellosen Lebens, das er führte, war da jemand, dem es gelungen war, sein Herz zu erobern - und dann so etwas?

Vielleicht sollte er nur etwas vorsichtiger sein und genauer in Valentins Gedankenwelt eindringen.

„Soll ich mich nicht doch einmal im Dorf umsehen und dem Priester eine kleine Lektion erteilen?“, riss Tamber ihn ohne Vorwarnung aus den Gedanken, was ihm gar nicht schmeckte.

„Nein! Ich sagte bereits, dass er harmlos ist.“

Tamber witterte, dass etwas nicht in Ordnung war. Er fragte sich, welchen Grund es wohl gäbe, dass Bastian den Priester so in Schutz nahm. Er dachte nach und kam zu dem Entschluss, den Geistlichen einmal aus der Nähe zu betrachten. Er musste unbedingt wissen, wie der neue Priester so war.

16

Die Einweihung des Autohauses war im Großen und Ganzen ohne Zwischenfälle verlaufen, wären da nicht die Valentin argwöhnisch musternden Blicke und Tuscheleien der Einheimischen hinter seinem Rücken gewesen. Angela hatte es also bereits herumerzählt!

Valentin fühlte sich nicht wohl, musste da aber durch - ob er nun wollte oder nicht -, schließlich hatte er es sich selbst eingebrockt. Zum ersten Mal in seinem Leben stand er vor der Wahl, zu dem zu stehen, was er getan hatte, oder alles zu leugnen und den Schwanz einzuziehen, wie er es bisher immer gemacht hatte. Würde er sich für Letzteres entscheiden, hätte das zur Folge, dass er Bastian verleugnete und diesen somit verlieren würde.

Aber es änderte alles nichts. Er hatte sowieso das Gefühl, dass jeder Schritt, den er heute außerhalb des Pfarrhauses machte, einer zu viel war. Zumindest empfand er es so.

Tief ein- und ausatmend blieb er vor dem Gemeindeamt stehen, erst dann sprang er über seinen Schatten und betrat das Gebäude, klopfte kurz an die Bürotür, hinter der er leise Stimmen vernahm, und ging anschließend in den Raum, in dem der Bürgermeister und der Rest der Gemeinderäte, um einen Tisch herumsitzend, bereits auf ihn warteten. Plötzlich verstummten die Gespräche. Durchdringend starrten die Dörfler ihn an. Doch keiner wagte es, etwas zu sagen, also begrüßte Valentin sie höflich und setzte sich an den Rand zu Angela, die ebenfalls zum Gemeinderat zählte.

„Schön, dass Sie endlich gekommen sind. Ich muss nachher dringend mit Ihnen reden", flüsterte sie ihm ins Ohr, sodass der Rest der Anwesenden gebannt versuchte, ihren Worten zu lauschen. Über ihr Fehlen am Morgen verlor sie kein Wort.

Valentin nickte nur stumm und konzentrierte sich danach auf die Sitzung.

„Können wir jetzt endlich anfangen?", warf der Bürgermeister, ein dicker, kleiner Mann mit Glatze, barsch ein, nachdem er Valentin einen bitterbösen Blick zugeworfen hatte.

Angela verstummte augenblicklich.

„Also, wie Sie sicher schon gehört haben, Herr Pfarrer, treibt sich auf dem Berg im Wald ein Mann herum, der uns das Leben seit langer Zeit zum Albtraum macht. Die Rede ist von dem Bewohner der Wassermühle." Er räusperte sich verlegen. „Wie ich hörte, hatten Sie ja schon das Vergnügen, ihn genauer kennenzulernen."

Valentin durchfuhr ein heftiger Blitz. War das jetzt eine direkte Anspielung gewesen?

„Ja, ich habe ihn kennengelernt und kann Ihnen sagen, dass von dem Mann keinerlei Gefahr für das Dorf ausgeht, Herr Sommer", antwortete er dennoch souverän.

Die Gemüter schienen sich sofort zu erhitzen, zumindest glaubte Valentin, das in den Gesichtern der Leute zu erkennen.

„Und wie erklären Sie sich dann die vielen Todesfälle in den letzten Jahren?", fragte Sommer weiter.

Alle Augen ruhten nun auf Valentin.

„Davon weiß ich nichts. Zu diesem Zeitpunkt war ich noch im Priesterseminar. Doch wenn Sie auf jene Todesfälle anspielen, die seit meiner Ankunft hier vorgefallen sind, so kann ich Ihnen sagen, dass die Anzahl derer völlig normal ist. Ich glaube nicht an Geister oder andere übersinnliche Wesen. Mein Glaube ist der an Gott und das ewige Leben, das er uns nach dem Tod beschert."

Bürgermeister Sommer bekam einen roten Kopf, sogar die Glatze schimmerte hellrosa. „So etwas dachte ich mir bereits!"

„Was wollen Sie damit sagen?", fragte Valentin offen.

„Einer wie Sie hat uns hier gerade noch gefehlt! Priester Schwarz, der Vorgänger von Pfarrer Eduard, hatte immer ein offenes Ohr für die Einwohner. Er hat uns geglaubt, was man von Ihnen ja nicht gerade behaupten kann. Sie sind jung und naiv und denken, nach Ihrem Theologiestudium hierherkommen zu können, um sich dann auf Lorbeeren auszuruhen!"

Valentin atmete schwerfällig aus und schüttelte ungläubig den Kopf. „Was hat das eine mit dem anderen zu tun?"

„Pfarrer Schwarz hat wenigstens für Ordnung in dieser kleinen Gemeinde gesorgt. Er hielt noch etwas auf Sitten und Anstand - und auch Eduard hielt sich immer schon bedeckt. Von Ihnen allerdings kommt mir nur Schlechtes zu Ohren."

Valentin wurde hellhörig. Bis jetzt war es ihm gelungen, seine Wut auf die unterschwelligen Anschuldigungen des Bürgermeisters zu unterdrücken, doch mittlerweile reichte es ihm.

„So, was denn zum Beispiel?" Valentins Blick glitt kurz zu seiner Rechten, wo Angela saß, die beschämt ihren Kopf senkte. Danach richtete er seine Augen wieder zu Sommer.

„Das fragen Sie noch? Sie sind wirklich der dreisteste Priester, dem ich jemals begegnet bin! ... Also gut, wenn Sie es so wollen, dann kann ich es ja ruhig offen aussprechen - wir dulden hier keine Priesterschwuchtel! Das ist einfach nur widerlich! Ich werde dafür sorgen, dass das bald ein Ende nehmen wird und man Sie – sollten Sie nichts daraus gelernt haben - aus dem Dienst der Kirche suspendiert, darauf können Sie sich verlassen, Herr Burger!“

„Es gibt schlimmere Dinge“, entgegnete Valentin leise, aber bestimmt. Hatte er das tatsächlich gerade von sich gegeben? Er, der Valentin, der Schwierigkeiten damit hatte, zu sich selbst zu stehen?

Der dickliche, kleine Mann sog tief Luft ein und wollte schon etwas darauf erwidern, als die Tür aufging und ein Herr Mitte dreißig hereinkam, um sich sogleich selbstbewusst neben Sommer zu platzieren. Der Bürgermeister rang für einen weiteren Moment nach Fassung, während die restlichen Gemeinderäte beschämt dreinblickten und abzuwarten schienen.

„Das ist Herr Brenner, ein Parapsychologe, der Mann, den uns die Kirche geschickt hat.“ Widerwillig blickte Sommer Valentin an. „Er wird während seines Aufenthalts im Pfarrhaus residieren.“

Valentin dachte, sich soeben verhört zu haben. Aber was hätte er machen sollen?

Das Pfarrhaus war nicht sein Eigentum, sodass er nicht das Geringste dagegen tun konnte.

„Herr Brenner wird versuchen, die Todesfälle, die sich hier zutragen, aufzuklären. Erst gestern Nacht hat es wieder einen aus dem Ort erwischt. Das muss endlich aufhören!“

Valentin überlegte angestrengt. Gestern Nacht? Darüber hatte man ihn noch gar nicht benachrichtigt.

„Wir nehmen an, dass der dunkelhaarige Mann, der oben in der Wassermühle lebt, etwas mit dem ungewöhnlichen Sterben im Dorf zu tun hat. Sie werden sich darum kümmern, Herr Brenner, nicht wahr?“

„Aber sicher, gerne nehme ich diese Herausforderung an“, grinste dieser über das ganze Gesicht und warf Valentin dabei einen besonders verächtlichen Blick zu.

Valentin war noch nie so froh gewesen, ein Haus zu verlassen. Doch schon vor dem Gemeindeamt wurde erneut mit vorgehaltener Hand über ihn getuschelt. Mit einem Kloß im Hals und einem halben Geschwür im Magen wollte er seinen Nachhauseweg bereits antreten, als Angela ihn an der Weggabelung plötzlich einholte und darum bat, ihr kurz zuzuhören. Dabei bemerkte er, wie sie sich mehrmals flüchtig umblickte. Anscheinend wollte sie sichergehen, von niemandem belauscht zu werden.

„Herr Pfarrer, es tut mir so schrecklich leid, was Sommer gerade von sich gegeben hat. Ich habe Sie ja bei - na, Sie wissen schon ... erwischt ... Jedenfalls habe ich es meinem Mann gesagt, was offensichtlich ein großer Fehler war. Er hat es heute Morgen ein paar Kameraden erzählt – allen voran dem Bürgermeister. Aber Sie müssen wissen, dass Sommer nur ein loses Mundwerk besitzt. Er wird Sie sicher nicht beim Bischof anschwärzen, dazu fehlt dem Mann einfach der Mut. Ich glaube, er wollte Sie nur einschüchtern."

Valentin sah sie lange an und atmete tief durch. „Sie können es nicht mehr rückgängig machen, Angela, was geschehen ist, ist nun mal geschehen!"

Eine kurze Pause entstand.

„Da ist noch etwas, Herr Pfarrer! … Mein Sohn verhält sich auf einmal sehr seltsam. Auch er war oben bei der Mühle - dann hat alles angefangen. Der Dunkelhaarige hat ihm diese abartigen Flausen in den Kopf gesetzt."

Valentins Ton fiel etwas unhöflicher aus als zunächst beabsichtigt. „Wie meinen Sie das?"

„Ich habe alles für meinen Sohn getan - es mir so schön vorgestellt, irgendwann Großmutter zu werden, eine ... Schwiegertochter zu bekommen ... Und jetzt? – Stellen Sie sich vor, er treibt sich mit einem Kerl herum! Erst neulich habe ich gesehen, dass er in der Dämmerung mit einem blonden jungen Mann Händchen haltend im Wald spazieren ging. Und er kommt nur noch nachts zu uns ..."

„Angela, wir leben nicht mehr im Mittelalter. Lassen Sie Ihren Sohn leben, wie er sich sein Leben vorstellt!"

Angela fixierte ihn böse. „Aber Sie sind doch Priester – so etwas Verwerfliches auszusprechen, steht Ihnen gar nicht zu! Es ist nicht richtig, wenn zwei Männer ... Die Kirche hat da schon recht! Und auch wenn Sie ein moderner Pfarrer sind, so finde ich das nicht in Ordnung!"

Valentin verstand nicht ganz, was sie von ihm wollte. Zuerst entschuldigte sie sich bei ihm, um ihn danach erneut zu verhöhnen?

„Angela, lieben Sie Ihren Sohn?"

Sie nickte mit Tränen in den Augen. „Mehr als alles andere auf dieser Welt."

„Dann versuchen Sie, ihn zu verstehen! Er ist schließlich erwachsen."

Erbost über so viel Dreistigkeit, die er ihr in ihren Augen entgegenbrachte, starrte sie ihn perplex an.

Valentin ahnte, dass er sich durch diese Aussage noch mehr Ärger einhandelte, doch es war seine Meinung. Wenn *er* sich schon verstecken musste, so sollte es wenigstens anderen jungen Leuten erspart bleiben!

Angela wollte ihm schon den Rücken zukehren, als sie noch eher beiläufig und zynisch hinzufügte: „Ihre Eltern und einer Ihrer Brüder, Tobias, haben übrigens angekündigt, Ihnen demnächst einen Besuch abzustatten!"

Sprachlos blickte Valentin sie an. Das hatte ihm gerade noch gefehlt!

Ohne sich zu verabschieden, ließ Angela ihn einfach stehen, während er sich mit gedämpfter Stimmung aufmachte. Nachdenklich ging er die schmale Straße entlang.

Seine Gedanken überschlugen sich. Auch wenn er seiner Haushälterin den selbstbewussten Priester vorgegaukelt hatte, so fühlte er sich im Moment alles andere als gefestigt. Und da war ja auch noch Bastian! Sein Herz tat ihm weh, wenn er nur ansatzweise an diesen dachte. Wie sollte das weitergehen? Würde der Bischof ihn bald zu einem Gespräch kontaktieren? Was würde Priester Eduard, dem er in den nächsten Jahren als Kaplan unterstellt war, zu dem Vorfall sagen? Er konnte froh sein, dass der Mann noch nicht zurückgekehrt war!

Fragen über Fragen drängten sich in Valentins Kopf, für die er dringend eine Lösung suchen musste.

Als er weiter die Straße entlangschritt, beobachtete er den unheimlich und kalt wirkenden Wald, der diese zu beiden Seiten säumte. Irgendwie erinnerte ihn die unangenehme Atmosphäre – auch wenn nun helllichter Tag herrschte - an Reeper, der ihm damals aufgelauert hatte. Für einen Moment hielt er inne, doch dann schüttelte er die Gedanken ab. Mit gemischten Gefühlen machte er sich schließlich auf den Heimweg.

Als Valentin nach Stunden – er hatte einfach frische Luft gebraucht und sich die Füße vertreten, da an diesem Tag keine nennenswerten Pflichten mehr auf ihn gewartet hatten - das Haus betrat, brannte in der Kanzlei bereits Licht. Carsten Brenner saß hinter dem Schreibtisch und wühlte sich durch unzählige Ordner, die Priester Eduard teilweise noch von seinem Vorgänger übernommen hatte.

„Kann ich Ihnen irgendwie behilflich sein?“, fragte Valentin zynisch. Es behagte ihm ganz und gar nicht, den Parapsychologen, oder was auch immer der Mann war, hier sitzen zu sehen. Eine derartige Kontrolle hatte ihm gerade noch gefehlt!

„Nein, ich finde schon selbst, wonach ich suche!“, entgegnete Carsten Brenner barsch.

„Und was suchen Sie, wenn ich fragen darf? Das ist immerhin noch mein Schreibtisch!“ Valentin fand es unangebracht, sich von diesem dahergelaufenen Menschen so abschätzig behandeln zu lassen.

„Ihr Schreibtisch? Wohl eher der von Pfarrer Eduard – Sie vergessen, dass Sie noch keine Alleinverantwortung für eine Pfarre tragen dürfen, auch wenn er während seiner Abwesenheit das Amt auf Sie übergeben hat. Zudem sehe ich mich nur ein wenig um, wenn ich schon die nächste Zeit hier verbringen muss“, lautete die unhöfliche Antwort.

„Verbringen *muss?* Von mir aus können Sie gerne wieder gehen, ich habe Sie nicht herbestellt.“

„Das hätten Sie wohl gerne, nicht wahr? Aber da muss ich Sie leider enttäuschen! Ich bin hier, um die mysteriösen Todesfälle aufzuklären und um Sie zu kontrollieren – zumindest möchte Letzteres der Bürgermeister.“ Er machte eine kurze Pause und musterte Valentin aufs Äußerste. „Ich an Ihrer Stelle würde vorsichtiger sein, wenn Sie nicht wollen, dass ich den Bischof über Ihr Doppelleben informiere. Außerdem wäre Ihr Vater sicher *„not amused“*, wenn er davon erführe, was sein Sohn hinter dem Rücken der Familie so treibt!“

Valentin sah den Mann lange an, es war ein nachdenklicher Blick. Woher konnte Carsten Brenner wissen, dass das Verhältnis zu seinem Vater gestört war?

Der Mann musste in seinem Privatleben herumgeschnüffelt haben. Wie er so etwas hasste!

Brenner grinste ihn spöttisch an, und ehe Valentin etwas darauf erwidern konnte, fuhr der unerwünschte Gast völlig ungeniert fort: „Da Ihr Vater bei der nächsten Wahl wieder kandidieren möchte, würde ich Ihnen nahelegen, Ihr Leben grundlegend zu überdenken. Oder wollen Sie einen derartigen Skandal heraufbeschwören? ... Sie wollen Ihren ... Partner… doch schützen, nicht wahr? Dann sollten Sie auch kooperieren, Herr Burger! Also reißen Sie sich gefälligst am Riemen, wenn Ihnen Ihr Freund etwas wert ist!“

Valentin sah Brenner festgefahren an. Er hatte mit allem gerechnet, aber nicht damit!

ᘓᘐ

Als Valentin am späten Abend in seinem Bett lag, starrte er wie so oft in letzter Zeit an die verschnörkelte Holzdecke seines Schlafzimmers. Die Probleme schienen ihm langsam, aber sicher über den Kopf zu wachsen. Vor allem die Kontrolle, unter der er seit ein paar Stunden stand, gefiel ihm ganz und gar nicht. Zudem fehlte ihm Bastian. Aber wie sollte es nun mit ihnen weitergehen?

Würde er die Beziehung zu Bastian fortführen, war es nur eine Frage der Zeit, bis er suspendiert würde, und sein Vater könnte mit seiner Partei einpacken! Doch das, was ihm am allermeisten zu schaffen machte, war, dass Brenner versuchte, ihn zu erpressen. Er hatte Angst um Bastian! Was sollte er nur tun?

Unwillkürlich zog sich sein Herz zusammen. Das negative Gefühl schwebte wie ein schwerer Stein über seiner Brust, der ihn langsam zu erdrücken schien.

Kurze Zeit später schlich er sich aus dem Haus, um zum Mühlenhaus hinaufzuwandern. Nur Bastian zuliebe hatte er einen felsenfesten Entschluss gefasst!

ᘓᘐ

Der Aufstieg zur Mühle im Dunkeln gestaltete sich alles andere als angenehm. Zur Tarnung trug Valentin blaue Jeans und ein weißes Hemd sowie einen schwarzen Mantel, dessen Kapuze er sich tief ins Gesicht gezogen hatte - denn auch wenn es nachts war, traute er den Dörflern nicht über den Weg. Er hielt es zwar für unwahrscheinlich, zu so später Stunde – noch dazu im Wald – jemandem zu begegnen, doch er wollte auf Nummer sicher gehen. Kurz dachte er an Carsten Brenner und hoffte, dass dieser ihn beim Verlassen des Pfarrhauses nicht beobachtet hatte.

Der mondbeschienene Wald, der den schmalen Weg zu beiden Seiten säumte, wirkte beängstigend, und Valentin verspürte erneut das Gefühl, von mehreren Augenpaaren beobachtet zu werden. Eine beunruhigende Stille legte sich über die Bäume. Erst das unheimliche Rufen eines Käuzchens ließ ihn für einen Moment in sich zusammenfahren. Verdammt! Die Begegnung mit diesem Reeper ließ ihn anscheinend noch immer nicht los.

„Was machst du hier?"

Erschrocken über die zischende Männerstimme, die, wie er fand, etwas Bedrohliches an sich hatte, fuhr Valentin herum, konnte in der Finsternis aber niemanden ausmachen. „Wer ist da?", rief er leise und sah sich um.

„Das interessiert niemanden!", bekam er völlig unerwartet als Antwort zurück.

Valentin drehte sich nach rechts, von wo aus er glaubte, die Stimme vernommen zu haben. Und tatsächlich schien sich dort, inmitten des düster wirkenden Dickichts, etwas zu bewegen. Ein großer Mann mit einem schwarzen Umhang, unter dessen Kopfbedeckung helles Haar hervorlugte, wurde sichtbar.

„Wer bist du?", wollte der Fremde wissen.

„Wenn dich das interessiert, dann komm heraus aus dem Wald und zeig dich!", erwiderte der junge Priester unhöflich. Vermutlich hatte sich wirklich jemand aus dem Dorf unbemerkt an seine Fersen geheftet - anders konnte er es sich einfach nicht erklären. Kaum hatte er die Worte ausgesprochen, kam der Mann mit der mysteriösen Stimme ein Stück näher und blieb ein paar Meter vor ihm stehen. Durch das Licht des Mondscheins war es Valentin jedoch möglich, die Gesichtszüge des Fremden zu begutachten. Er kannte dessen Gesicht von irgendwoher. Nur von wo?

Dann dämmerte es ihm: das Porträt in der Mühle!

„Also, was machst du hier? Du bist sicher so ein Dorfdepp, der nichts anderes zu tun hat, als sich zur Mühle hochzuschleichen, um wieder irgendein unwahres Gerücht über uns in die Welt zu setzen!"

„Nein, da täuscht du dich! Ich bin der Priester - und wer bist du? Ich kenne ein Bild von dir, das in der Mühle an der Wand hängt." Auch in der Dunkelheit konnte Valentin erkennen, dass sich die Gesichtszüge seines Gegenübers auf seltsame Weise nun merklich verhärteten. Hatte er etwas Falsches von sich gegeben?

„Du bist also ... der Priester, der unter der Fuchtel von Eduard steht?", entgegnete der Unbekannte knapp und starrte Valentin beinahe erschrocken an. Erst jetzt begriff Tamber. Der Pfarrer musste im Mühlenhaus gewesen sein! Und er war alles andere als hässlich – sein Gesicht war sogar unheimlich hübsch und die blauen Augen strahlten in der finsteren Nacht. Tamber erblasste fast vor Neid! Nun hatte er Gewissheit, den wahren Grund für Bastians seltsames Verhalten gelüftet zu haben. Unheimliche Wut staute sich plötzlich in ihm auf. Er musste unbedingt etwas unternehmen, um Bastian wieder für sich zu gewinnen. Wie dumm war er doch gewesen! Hatte er doch tatsächlich angenommen, Bastian hätte den Priester nur ausspioniert!

Für den Augenblick einer Sekunde überlegte er, ob er den Geistlichen einfach töten sollte. Es wäre ein Leichtes für ihn gewesen, hier im Wald, über den wehrlosen Schönen herzufallen. Doch er wusste, dass er Bastian damit mit

Sicherheit nicht zurückgewonnen hätte. Eine Alternative musste also her! Und Tamber war sich sicher, dass ihm noch irgendetwas Außergewöhnliches einfallen würde, um diesen dahergelaufenen Kirchenzögling auszuspielen.

Valentin wusste nicht, was los war, da der Fremde ihn noch immer eigenartig musterte. Und als er etwas erwidern wollte, wurde er plötzlich von einem starken Windstoß erfasst, sodass er rücklings zu liegen kam. Keuchend richtete er sich wieder auf und sah sich um, da es bizarrerweise windstill um ihn herum war. Aufgewühlt schüttelte er den Kopf und spähte in den Wald hinein. Doch an jener Stelle, an der sich zuvor noch der unbekannte Mann befunden hatte, war plötzlich niemand mehr zu sehen. Auch wenn er den Dorfbewohnern, was deren absurden Aberglauben anbelangte, keinen Glauben schenkte, so spürte er deutlich, dass hier etwas nicht mit rechten Dingen zuging. Dennoch wollte er sich nicht weiter damit auseinandersetzen, da sein Bestreben, die Anhöhe zu erreichen, jetzt Vorrang hatte.

Als Valentin nach einem anstrengenden Marsch ohne weitere Zwischenfälle schließlich an der Mühle ankam, war die Tür – wie bei seinem letzten Besuch – unversperrt. Ohne zu klopfen, trat er vorsichtig ein und hoffte, Bastian dort anzutreffen. Doch niemand schien sich im Raum aufzuhalten. Nur das Knistern des Feuers im Kamin war zu hören. Hastig schloss er die Tür hinter sich und sah sich um. Es herrschte eine angenehme Atmosphäre, die Valentin dazu veranlasste, den Mantel auf den Schaukelstuhl, der neben dem Kamin stand, abzulegen. Müde ging er auf das Bett zu und setzte sich. Für einen Moment überlegte er, was er nun tun sollte. Was, wenn Bastian überhaupt nicht da wäre und er nur auf diesen Reeper treffen würde?

Gerade als er noch einmal darüber nachdachte, was er Bastian sagen wollte, vernahm er von unten seltsame Geräusche. Es hörte sich an, als würde jemand schwere Kisten auf einem Betonboden hinter sich herschleifen. Der Radau kam eindeutig aus dem Keller, da war er sich ziemlich sicher.

Sein Herz schlug ihm bis zum Hals, denn er wusste nicht, wie er Bastian erklären sollte, dass es besser wäre, sich nicht mehr zu sehen. Die Entscheidung war ihm alles andere als leicht gefallen - aber es gab keine Alternative, Bastian zu schützen. Die Aussage von Brenner hatte ihn mürbe und nachdenklich gestimmt. Wer konnte schon wissen, zu was dieser Mann fähig war?

Bis jetzt war Valentin sich nicht klar, aus welchem Grund Carsten Brenner überhaupt angereist war. Und wenn er ehrlich war, so verstand er zurzeit überhaupt nichts mehr. Hörte er nur auf sein Herz, dann wollte er Bastian lieben. Doch sein Verstand sagte ihm etwas ganz anderes.

Bastian stand im Nebenraum und las Valentins Gedanken. Er spürte deutlich, dass es ihm sehr schlecht ging und was ihn bedrückte. Am liebsten hätte er ihm sofort die ganze Wahrheit gesagt, aus welchem Grund dieser Brenner hergekommen war - nämlich um ihn und seine Blutsfreunde auszulöschen! Nur das war der Grund für dessen weite Anreise.

Doch jetzt wollte Bastian einfach nur die Zeit mit Valentin genießen, da er wusste, dass das vermutlich nicht mehr allzu lange der Fall sein würde. Wie ein Schatten trat er plötzlich durch den Torbogen und begrüßte ihn mit einem herzlichen Lachen. „Es freut mich, dass du zu mir gefunden hast!“ Langsam, aber anmutig schritt er auf Valentin zu, der noch immer auf dem Bett saß und ihn abwartend anblickte. Der herzhafte Blick raubte Bastian alle Sinne. Und als er in das unschuldig aussehende Gesicht, mit dem blonden Haar auf dem Kopf, sah, überkam ihn zum ersten Mal das Verlangen, den Pfarrer zu seinem Gefährten zu machen. Doch konnte er ihm das antun?

Vermutlich würde Valentin ihn gar nicht mehr lieben, wüsste dieser erst, dass er ein untotes Ungeheuer war, das sich ausschließlich von Blut ernährte!

Erneut musterte er den Liebhaber von Kopf bis Fuß. Zu seiner Überraschung trug dieser keine Priesterkleidung.

„Du hast mir gefehlt ...“, flüsterte Valentin und ahnte, dass es ihm das Herz brechen würde, sich von seinem Liebsten zu trennen.

„Du mir auch ... Die Jeans und das weiße Hemd stehen dir ausgezeichnet“, meinte er sanft und setzte sich neben ihn auf das Bett, das eigentlich nur zur Tarnung hier stand, um fremde Besucher von dem unheimlichen Kellergewölbe fernzuhalten.

„Ich muss mit dir reden!“, entgegnete Valentin nachdenklich.

Bastian nickte bejahend und legte sich auf das Bett, indem er sich auf seine rechte Hand stützte. „Worum geht es?“, fragte er leise, während die Finger seiner linken Hand gleichzeitig über Valentins weiches Haar streiften. Dieser kostete den innigen Kontakt in vollen Zügen aus, und am liebsten hätte er einfach nur noch geschwiegen. Doch er wusste, dass das nicht ging.

„Sie wissen es. Das ganze Dorf weiß es! Es ist nur noch eine Frage der Zeit, bis der Bischof es erfährt, und dann ...“ Er machte eine Pause, ließ sich geistig erschöpft nach hinten fallen und legte seine rechte Hand auf die Stirn.

Bastian nützte die Gelegenheit und rückte ein Stück näher an den Freund heran. Ganz langsam schob er seine Hand unter Valentins Hemd und streichelte dessen Bauch.

„Ich weiß nicht, wie es mit uns weitergehen soll“, murmelte Valentin überfordert, während er die zarte

Berührung genoss. Die Hand auf seiner Haut fühlte sich so kalt und gleichzeitig angenehm an, dass er am liebsten einfach alles vergessen hätte.

Bastian nickte, doch in Wirklichkeit hörte er gar nicht auf die Worte, sondern fasste einen Entschluss. Hastig wälzte er sich halb auf Valentin und begann, ihn stürmisch zu küssen. Gleichzeitig bahnte sich seine linke Hand von ganz allein den Weg in dessen Hose. Amüsiert stellte er fest, dass dieser gar keine Unterwäsche trug. Schlagartig konnte er es nicht mehr erwarten, Valentin erneut nackt zu sehen und tastete sich langsam nach unten voran. Mit seiner starken Hand umschloss er Valentins Glied, um dieses zärtlich zu massieren, was dem jungen Priester ein leichtes Stöhnen entlockte. Bastian hielt es nicht länger aus, löste die Lippen von dem Geliebten und rutschte hinunter zu dessen Füßen, um ihm endgültig die Hose vom Leib zu ziehen. Dann entledigte er sich selbst seiner Kleidung und zerrte an Valentins weißem Hemd. Erst danach glitt sein Oberkörper wieder auf den seines Angebeteten, bis sich ihre nackte Haut lustvoll aneinanderschmiegte, was Bastian noch mehr Erregung bescherte. Er liebte den Wahnsinnsgeruch, den dessen Körper versprühte. Valentin keuchte im selben Moment unter ihm, und als Bastian den verlangenden Blick in den blauen Augen sah, fing er an, ihn erneut stürmisch zu küssen, während sich ihre prall aufgerichteten Geschlechter willig aneinanderrieben. Es war der innigste Zungenkuss, den Bastian je mit einem Mann erlebt hatte. Endlich wollte er Valentin spüren, sich tief in ihm versenken. Auch wenn er in seinem Hinterkopf genau wusste, dass ihre Liebelei im Hinblick auf eine gemeinsame Zukunft im Ungewissen lag. Dennoch konnte er der Versuchung, Valentin zu lieben, nicht widerstehen! Zum ersten Mal in seinem unsterblichen Dasein wollte er mit jemandem schlafen - und nicht nur Sex haben. Er wollte mit ihm schlafen, weil er tiefe Gefühle für ihn hegte.

Niemals hätte er sich gedacht, dass Liebe so schön sein konnte. Er wollte gar nicht mehr aufhören, die weichen Lippen zu liebkosen, und spürte gleichzeitig, wie sein Penis bereits vor Verlangen zuckte. Langsam rollte er sich von Valentin herunter und drehte diesen behutsam auf den Bauch, um sich dann mit seinem ganzen Gewicht auf ihn zu legen.

„Bastian, ich verzehre mich so sehr nach dir und möchte mit dir schlafen, aber ... du hattest recht, ich ..."

„Es ist dein erstes Mal, ich weiß", entgegnete Bastian zärtlich, fast zu zärtlich, wie er selbst fand, da er normalerweise rauere Töne an den Tag legte. „Sei unbesorgt, ich werde dich ganz sanft lieben, bis du mich darum bettelst, härter zuzustoßen", keuchte er ihm in den Nacken.

Valentins Herz raste, als hätte er soeben die Flucht vor jemandem ergriffen. Er war so aufgeregt und gleichzeitig erregt, dass er es ebenfalls kaum noch abwarten konnte.

„Ich liebe dich", hauchte Bastian ihm ins Ohr, während sich Valentins Hände willig in das Laken krallten.

Bastian richtete sich auf, öffnete mit seinen Knien die schlanken Oberschenkel seines Geliebten und betrachtete dessen strammen Po. Ungeniert griff er zwischen die beiden Backen und drückte sie auseinander, um Valentins unberührten Anus zu beäugen. Erneut zuckte sein geschwollenes Geschlecht vor Verlangen, dass es ihm fast unmöglich schien, nicht vorzeitig die Beherrschung zu verlieren. Mechanisch benetzte er die Finger mit Speichel und führte einen davon vorsichtig ein. Nur widerwillig gab der enge Ringmuskel nach. Erst dann begann er, langsam in Valentin kreisende Bewegungen zu vollführen, was diesem zu gefallen schien, denn er richtete seinen Po etwas auf, um Bastian tiefer gewähren zu lassen. Ein zweiter Finger glitt langsam in die heiße, enge Öffnung, und Bastian spürte, wie sich sein Engel mit einem Mal leicht verkrampfte. Erst nach und nach entspannte Valentin sich wieder, sodass Bastian das Gefühl bekam, dieser würde die Liebkosungen voll und ganz auskosten. Zudem gab er ihm mit eindeutigen Gesten zu verstehen, dass er endlich mehr wollte.

In diesem Moment zog Bastian sanft seine Finger heraus, befeuchtete das Loch wieder mit Speichel und legte sich auf Valentin, während er mit der rechten Hand seinen vor Erwartung pochenden Penis zwischen Valentins straffen Pobacken platzierte. Erneut hob Valentin seinen Hintern an und drückte sich an Bastian, während dieser die dicke Spitze an dessen Eingang führte und behutsam Druck darauf ausübte. Sanft durchbrach er den festen Muskel, der ihn sogleich fest umschloss, und verharrte für einen Augenblick, da er Valentin die nötige Zeit geben wollte, sich an ihn zu gewöhnen. Leidenschaftlich schmiegte er sich an seinen Liebsten und umschlang den mit leichten Muskeln bepackten Oberkörper, wobei seine Hände zielsicher dessen Unterleib ansteuerten. Bastians linke Hand streichelte über die rasierten Hoden, während die rechte den prallen Schwanz massierte. Als Valentin aufstöhnte, wusste Bastian, dass der junge Priester endlich bereit dafür war, tiefer in ihn einzudringen. Dennoch verharrte er erneut, bis dieser sich von selbst vorsichtig mit dem Hintern an ihn drängte. Bastian spürte, dass Valentin die Lust zu packen schien, und fing an, sich langsam in ihm zu bewegen, ihn zu lieben, dass er beinahe den Verstand verlor. Seine starken Arme umklammerten ihn, während die kalten Finger dessen Penis bearbeiteten, als hätten sie nie etwas anderes gemacht. Immer tiefer schob er sich in den jungen Geistlichen hinein, bis er sich für einen Moment fast aus ihm zurückzog, um dann auf Valentins Drängen hin, kräftiger zuzustoßen. Die dennoch zarten Bewegungen in diesem, die brutale Enge, ließen ihn beinahe verfrüht kommen, doch er hielt sich geschickt zurück, indem er das Liebesspiel immer wieder kurz unterbrach. Erst als

Valentin ein „Ich liebe dich“ über seine Lippen zurückhauchte, schmiegte Bastian sich noch fester an ihn, und seine rhythmischen Bewegungen wurden schneller. Dabei streichelte er dem Angebeteten sanft über die Stirn und strich ihm die Haare aus dem Gesicht, das er mit zarten Küssen bedeckte. Kurz darauf umfassten seine Hände erneut Valentins Körper, und er führte seine Finger ein weiteres Mal zielgerecht an dessen hartes Geschlecht, das er kräftig rieb.

Als Bastian unter sich die geschlossenen Augen und die Gesichtszüge, die sich geradezu nach mehr verzehrten, wahrnahm, konnte er nicht umhin, als sich noch ungestümer in ihm zu bewegen.

Valentin stöhnte mit geöffnetem Mund kurz auf, während sein Atem stockend ging. Nie in seinem Leben hätte er erwartet, dass es so schön sein konnte, vor allem mit dem Mann, in den er so wahnsinnig verliebt war. Bastian hatte soeben einen bestimmten Punkt in ihm getroffen, der ihn vor Lust geradezu erbeben ließ, und gleich darauf spürte er, dass es ihm kam. In Schüben spritzte die weiße, warme Flüssigkeit aus seinem Penis heraus und bedeckte Bastians Hand. Als dieser mitbekam, wie Valentin sich unter ihm anspannte, bewegte er sich noch ein paar Mal schnell, bis er sich ebenfalls stoßweise in seinen Geliebten ergoss. Sein Körper erzitterte, und erst als er den letzten Tropfen Flüssigkeit in Valentin gepumpt hatte, sank er erschöpft auf diesen nieder. Nur widerwillig zog er sich aus ihm zurück und rollte sich von ihm herunter.

Langsam drehte Valentin sich um und legte den Kopf auf Bastians Brust. „Ich wusste nicht, dass es so schön sein kann“, sagte er leise, nachdem ihre Erregung etwas nachgelassen hatte.

Bastian strich zärtlich über seinen Arm. „Ja, es war traumhaft!“

Jetzt, nachdem sie sich auf so wunderbare Weise geliebt hatten, wurde Valentin schlagartig bewusst, warum er eigentlich in die Mühle gekommen war. Er hatte durch diese Liebesnacht alles nur noch schlimmer gemacht. Seine Gedanken überschlugen sich. Wie sollte er Bastian bloß erklären, dass er Angst um ihn hatte? Und wie sollte es jetzt mit ihnen weitergehen?

Mit Schrecken dachte er an seine Eltern und an seinen Bruder Tobias, die ihm, wie Angela ihm mitgeteilt hatte, demnächst einen Besuch abstatten würden. Und sollten die Politgegner seines Vaters etwas von seiner Liebelei mitbekommen, konnte er sich erst recht verabschieden! In Gedanken malte er sich schon die schlimmsten und verhängnisvollsten Szenarien aus - dass ein Reporterteam irgendwann vor seiner Tür auftauchen und ihn um ein Interview bitten würde ...

Vermutlich würden sein Vater und der Bruder alles daran setzen, ihn zu vernichten. Vor allem aber würden sie versuchen, Bastian das Leben zur Hölle zu machen!

„Was ist los? Du bist so ... erstaunlich ruhig? Das klang eben noch anders“, grinste Bastian über das ganze Gesicht, sodass auch Valentin für einen Augenblick schmunzeln musste.

Bastians Drang, den Freund zu seinem Gefährten zu machen, gewann wieder an Oberhand. Doch als er die Gedanken von diesem las, überkam ihn das Gefühl, dass es noch zu früh war und ihn im Moment wohl nur überfordern würde. Das wollte er aber auf keinen Fall!

„Ich dachte gerade an meinen Vater“, gab Valentin erstaunlich gelassen zurück, womit Bastian nicht gerechnet hatte.

„Weshalb?“

Für eine Weile kehrte Ruhe ein, und Valentin streichelte seinem Liebsten mit den Fingerkuppen sanft über den Bauch.

Nachdenklich brach er sein Schweigen. „Er hasst mich für das, was ich bin. Außerdem würde es seiner Karriere einen Abbruch tun – zumindest denke ich, dass er das befürchtet, wenn auch nur annähernd jemand Wind davon bekäme, was ich hier ... treibe."

Bastian fuhr seinem Engel durch das blonde Haar und wirbelte sanft darin herum. Er liebte dieses weiche Haar, das so gut nach Rosen-Shampoo roch. „Du hast nur die Liebe entdeckt. Was ist so schlimm daran?"

Valentin hob den Kopf und sah Bastian lange in die Augen. Dann küsste er ihn sanft auf den Mund, bevor er seinen Kopf wieder senkte und weitersprach. „Es tut gut, dich kennengelernt zu haben, da ich mich wahnsinnig in dich verliebt habe. Nur weiß ich nicht, ob ich dich dadurch nicht in Gefahr bringe, dein Leben ruiniere", brachte er zaghaft hervor.

Bastian wusste genau, was in dem hübschen Kopf gerade vor sich ging, denn er hatte zum wiederholten Mal dessen Gedanken gelesen und schätzte die Aufrichtigkeit, die Valentin ihm gegenüber an den Tag legte. „Zerbrich dir jetzt nicht deinen Kopf darüber. Wir werden eine Lösung finden!"

Erneut kehrte Stille ein.

„Wer ist das eigentlich?", wollte Valentin auf einmal wissen und zeigte auf das Porträt über ihnen.

„Ein ... Freund", erwiderte Bastian. Er wollte keine weiteren Worte darüber verlieren, sondern sie sich für einen passenderen Moment aufsparen.

„Wohnt er auch hier?", fragte Valentin weiter, sodass Bastian skeptisch wurde.

War der Kleine etwa eifersüchtig? Bastian grinste verschmitzt. Auch wenn es unverschämt von ihm war - er fand dessen Eifersucht einfach süß!

„Ja, mit seinem Geliebten", betonte er. Dabei beobachtete er, wie sich Valentins Gesichtszüge wieder entspannten. Dennoch schien der sich mit dieser Antwort keineswegs zu begnügen.

„Das war ein Scherz, oder? Die Mühle ist doch viel zu klein?“

Bastian schüttelte den Kopf. „Ja, das was du hier siehst, wäre natürlich viel zu klein für drei Männer. Allerdings gibt es im Kellergewölbe noch eine ... Art Wohnung.“

Valentin wurde hellhörig. Mit Schrecken erinnerte er sich an Reeper und daran, wie dieser ihn daran gehindert hatte, die Treppen hinunterzusteigen.

„Zeigst du sie mir? Vielleicht benötigen wir sie ja einmal, um uns vor den Dörflern oder vor meinem Vater verstecken zu können.“ Er kniff Bastian zärtlich in die Achselgegend.

„Schön, dass du es langsam mit Humor zu sehen beginnst. Lass dir von diesen Menschen nicht vorschreiben, wie du zu leben hast!“, sagte Bastian barscher, als er eigentlich gewollt hatte, und drehte Valentin unsanft auf den Rücken, um sich auf ihn zu rollen. In diesem Moment stieg ihm ein ungeheurer Blutduft entgegen, der ihn für den Augenblick einer Sekunde zurückschrecken ließ. Als er den zartherben Geruch in seine Lungen einsog, wusste er, wie gefährlich es war, was er hier gerade tat. Doch beim Anblick des Geliebten setzte sein Verstand aus, und ihm wurde so klar wie noch nie, dass nur Valentin für ihn als Gefährte infrage käme – egal, was Tamber dazu sagte. Die Gefühle, die er für Valentin hegte, waren einfach zu schön, um wahr zu sein. Doch wie er schon festgestellt hatte, war es zu früh, sich darüber Gedanken zu machen. Valentin war noch lange nicht so weit!

„Glaubst du an die Gerüchte, die die Dörfler in die Welt gesetzt haben?“, fragte Bastian plötzlich, während er Valentin ein paar blonde Haarsträhnen aus dem Gesicht strich.

„Nein, nicht wirklich, obwohl ...“

Bastian starrte ihn entgeistert an und wartete auf eine Antwort.

„Obwohl, wenn ich an diesen seltsamen Vogel, der mit seinem Freund bei dir wohnt, denke, dann ..."

Bastian sah ihn weiter durchdringend an, sodass dieser automatisch seine Gedanken vor ihm verschloss. Valentin beschlich das Gefühl, von dem tiefgründigen Blick durchschaut zu werden, was ihm auf eine unerklärliche Art und Weise Angst einflößte.

Bastians Versuch ein weiteres Mal in die Gedankenwelt seines Liebsten einzutauchen, scheiterte abermals. Warum machte Valentin das?

Er nahm an, dass dieser aus purer Unwissenheit die Gedanken vor ihm verbarg, das es aber nicht minder akzeptabel für ihn machte. Ausgerechnet jetzt, wo es um Tamber ging, ließ er ihn nicht an seinem Gedankengut teilhaben.

„Kennst du ihn? Hat er dir aufgelauert?", hakte er wissbegierig nach.

„Ja, eigentlich schon. Ich war auf dem Weg zu dir, als er mir im Wald begegnete. Es war irgendwie unheimlich. Er fragte mich, wer ich denn sei, und sah mich äußerst seltsam an. Ich glaube, der Typ kann mich nicht ausstehen. Und das Unglaublichste an dieser Begegnung war, dass mich plötzlich, obwohl es rund um mich herum ganz still war, ein heftiger Windstoß erfasste, der mich kurz darauf mit ungeheurer Wucht zu Boden stieß. Als ich mich wieder aufrichtete, war der Kerl plötzlich verschwunden. Dieses Verhalten fand ich schon etwas merkwürdig - du nicht?"

Bastian überkam sofort große Wut. Tamber konnte was erleben, wenn er ihn zu greifen bekäme! Warum trieb dieser sich herum und lauerte Valentin auf?

Augenblicklich zog er seine Schlüsse daraus: Tamber hatte es also bereits herausgefunden, dass er in Bezug auf

Valentins Aussehen belogen worden war. Die groben Auswüchse von dessen Eifersucht konnte er nur erahnen. Beinahe schien es, als hätte er ein Problem mehr am Hals!

„Ja, Tamber ist schon ein komischer Vogel, das stimmt!", erwiderte Bastian etwas verzögert und forsch. Für einen Moment herrschte Stille.

„Wenn ich mit dir zusammen bin, scheint alles so einfach zu sein, doch wenn ich mich wieder im Pfarrhaus befinde, wird mich die Realität schneller einholen, als mir lieb ist."

Bastian küsste Valentin sanft auf die Stirn und dann auf den Mund. „Wie ich bereits sagte, wir werden eine Lösung finden, das verspreche ich dir. Aber im Moment ist es wohl das Beste, wenn ich mich für eine Weile zurückziehe."

Valentin musterte ihn sorgfältig. „Aber du lässt mich doch jetzt nicht allein, oder? Meine Eltern und einer meiner Brüder haben ihren Besuch angemeldet, und ich denke, dass ich danach etwas Trost gebrauchen könnte", brachte er lächelnd über die Lippen.

„Valentin, ich liebe dich, aber es ist besser, dass ich dem Dorf vorerst den Rücken zukehre. Nur dann lassen sie dich wieder in Ruhe, und ich kann bald wieder in die Mühle zurückkehren."

Valentin überlegte kurz, bevor er antwortete.

„Es ist schon sonderbar, ich kam hier rauf, in dem Bestreben, dir klarzumachen, dass ...", er stockte und seine Augen wurden glasig.

„... Dass das mit uns nicht ginge, da die Dörfler dich nicht in Ruhe lassen?", fragte Bastian nach.

Valentin schüttelte den Kopf. Er wollte und konnte sich einfach nicht von Bastian trennen – egal, ob sein Verstand etwas anderes von ihm verlangte. „Ja ..., aber ich meinte auch, dass dieser Brenner versucht, mich unter Druck zu setzen. Ich habe Angst, dass er dir etwas antun könnte, wenn ich mich nicht von dir lossage."

Nachdenklich blickte Bastian ihn an. „Carsten Brenner?"

„Ja, er kontrolliert mich, wo er nur kann."

„Aber in Wahrheit hat er etwas ganz anderes im Sinn", entgegnete er barsch.

„Was ist los?", fragte Valentin. Ihm gefiel weder Bastians Antwort noch dessen Verhalten. Außerdem überkam ihn auf einmal das Gefühl, der Freund würde etwas verheimlichen. Eine kurze Pause entstand. „Ich weiß nur, dass er im Auftrag der Kirche geschickt wurde ... Er behauptet ja auch, dass ich, wenn ich die Beziehung zu dir nicht unterbinde, meinem Vater schaden würde."

„Dieser Widerling! Du musst dich unbedingt von ihm fernhalten, hörst du? Dieser Mann schreckt vor nichts zurück!" Nun war ihm sonnenklar, dass Tambers Behauptung, Valentin würde mit Brenner gemeinsame Sache machen, nicht der Wahrheit entsprach. Auch wenn er es schon immer gefühlt und zum Teil auch in dessen Gedanken gelesen hatte, dass sein blonder Engel ihn nicht betrügen würde, so musste er zugeben, dass Tambers Worte ihn doch etwas verunsichert hatten.

„Du kennst ihn?", bohrte Valentin nach.

Bastian nickte forsch. „Lass dich unter keinen Umständen auf ihn ein ..."

„Er wohnt bei mir im Pfarrhaus. Der Bürgermeister hat ihn dort für unbestimmte Zeit einquartiert. Ich kann also nicht viel dagegen ausrichten – außer, das Spiel für eine Weile mitzumachen. Mein Vater ist Politiker, und er möchte wieder kandidieren. Ich kann nicht riskieren, dass die Medien von seinem schwulen Priestersohn erfahren ... Ich möchte gar nicht daran denken, was passiert, wenn ...!

Bastian überlegte angestrengt. Im Geiste freute er sich jetzt schon darauf, die Bekanntschaft des hochrangigen Politikers zu machen.

„Deshalb werde ich mich für eine Weile zurückziehen. Aber ich komme wieder ..." Erneut küsste er Valentin auf die vollen Lippen, die so süß wie Honig schmeckten.

Valentin genoss den Kuss und spürte, wie sich Bastians Härte an seinem Bauch rieb. Sofort merkte er, dass auch sein Penis wieder zum Leben erwachte. Dennoch versuchte er, sich momentan auf das Wesentliche zu konzentrieren. „Auf den Landsitz?"

Bastian sah ihn völlig überrascht an. Damit hatte er nicht gerechnet. „Woher weißt du davon?", fragte er, während er sein Becken auf der zarten Bauchhaut lustvoll kreisen ließ.

„Angela Thorsten hat es mir erzählt – und, na, du weißt schon, dass dort gerade das Böse erwache … Unsinn eben ...", entgegnete er mit einem leichten Keuchen in seinem Atem. Bastians kreisende Bewegungen machten ihn wahnsinnig.

„Versprich mir eines!", hauchte Bastian ihm zu.

Valentins Atem ging schneller, als er antwortete: „Was denn?"

„Du darfst unter keinen Umständen zu diesem Landsitz reisen, hörst du!?"

Valentin schloss für einen Moment die Augen und schlang seine langen Beine um Bastians Hüften, während er seine Arme um die starken Schultern schmiegte. Er erwiderte nichts.

„Versprich es mir!", ertönte es erneut über ihm, nur dieses Mal einen Deut lauter als zuvor. Und noch ehe Valentin etwas sagen konnte, befeuchtete Bastian mit seinem Speichel seinen harten Schwanz und drang ohne Vorwarnung sanft in ihn ein.

„Gut, ich verspreche es dir“, murmelte Valentin leise und gab sich den zärtlichen Liebesstößen hin.

Noch in derselben Nacht begleitete Bastian Valentin auf dem vom Mond romantisch beschienenen Waldweg zurück zum Dorf. Mehrere Male hatten sie sich nachts hemmungslos ihrer Leidenschaft hingegeben und sich geliebt, sodass es ihnen nun umso schwerer fiel, sich voneinander zu trennen. An der Weggabelung blieb Bastian stehen und küsste den Geliebten noch einmal innig, ehe er diesen schweren Herzens allein zurückließ.

Valentin seufzte. Nur widerwillig kehrte er ins Pfarrhaus zurück.

Vorerst hatten sie ein Abkommen getroffen, sich für eine Weile nicht zu sehen, was Valentin zwar schwerfiel, aber dennoch für das Richtige hielt. So konnte wenigstens keiner auf die Idee kommen, weitere Homo-Liebes-Gerüchte in die Welt zu setzen. Zudem hatte Bastian ihm gesagt, dass er sich vorübergehend zu ein paar Freunden – und nicht auf den Landsitz - zurückziehen wollte, um ebenfalls Abstand zu den letzten Vorkommnissen zu gewinnen.

Für den Moment schien also alles wieder in Ordnung zu sein, da sie Carsten Brenner vorläufig Nahrung genommen hatten.

Trotzdem war Valentin klar, dass es auf Dauer so nicht weitergehen konnte und er irgendwann eine Entscheidung fällen musste. Früher oder später würde er auch vor den Kirchenoberhäuptern zu seiner Liebe stehen müssen - es sei denn, seine Liebe zu Bastian würde geheim bleiben. Doch was wäre das für ein Leben, sich ständig verstecken und seine Gefühle verleugnen zu müssen?

Seit er Bastian kannte, hatte sich seine Welt um hundertachtzig Grad gedreht. Der Mann hatte ihm gezeigt, wie schön das Leben sein konnte, wenn man jemanden liebte und man geliebt wurde!

Valentin wusste genau, dass in absehbarer Zeit noch viel auf Bastian und ihn zukommen würde. Mit Schaudern dachte er an seine konservative Familie, die völlig unerwartet ihren Besuch angekündigt hatte. Er wünschte sich nichts sehnlicher, als dass Bastian bis dahin wieder zurück sein würde!

ᘓᘐ

Es war später Nachmittag, als das Telefon schrillte, und Valentin sich dazu gezwungen sah, erneut seine vorgetäuschte Maske aufzusetzen. „Ich gehe schon!“, fuhr er Carsten Brenner an, der gerade dabei war, zum Telefon zu eilen. Aufmerksam blieb Brenner stehen und bedachte Valentin kritisch.

„Pfarramt - Valentin Burger!“, sprach er in den Hörer hinein, während er seinem ungebetenen Mitbewohner einen bitterbösen Blick zuwarf. Was bildete dieser sich überhaupt ein, ihn dermaßen zu kontrollieren?

„Die Kugel ... Hat sich in der Glaskugel schon Rauch gebildet?“

Erst jetzt erkannte Valentin die hysterische Stimme am anderen Ende. Es war Rose-Ann Gardner, die ganz aufgebracht zu sein schien.

„Ich weiß es nicht“, gab Valentin ehrlich zurück, auch wenn er spätestens jetzt etwas an deren Verstand zweifelte.

„Dann sehen Sie nach, Herr Pfarrer! Ich verurteile Sie nicht für das, was Sie getan haben, oder für Ihre Homosexualität, aber dieser Mann ist der Teufel persönlich!“

„Rose-Ann, beruhigen Sie sich doch bitte!“, murmelte er, schluckte jedoch, weil sie das Thema Schwulsein direkt ansprach.

Doch die Frau schien nur noch aufgebrachter zu werden. „Ich kann mich aber nicht beruhigen, solange ich nicht weiß, was mit der Kugel ist. Sehen Sie gefälligst nach!“

Widerwillig legte Bastian den Hörer zur Seite und blickte sich um. Tatsächlich hatte sich in der Kugel Rauch gebildet. Sprachlos stand er da und überlegte. Wollte man ihn etwa auf den Arm nehmen?

Vermutlich handelte es sich bei dieser Kugel nur um irgendein batteriebetriebenes Spielzeug, mutmaßte er und nahm den Hörer wieder an sich. „Ja, es befindet sich Rauch in der Kugel, aber ...“

„Dann ist das Böse auf dem Landsitz tatsächlich gerade dabei, zu erwachen, und er wird dorthin zurückkehren, um dies erst richtig zu ermöglichen! Valentin, hören Sie mir zu – er hat Ihnen sicher gesagt, dass Sie sich von dem Landgut fernhalten sollen, nicht wahr?“

Valentin zögerte für einen Moment. Woher konnte sie das wissen?

Langsam beschlich ihn wirklich das Gefühl, die Frau würde über hellseherische Fähigkeiten verfügen, und er musste zugeben, dass ihn das mysteriöse Anwesen ebenfalls neugierig gemacht hatte. Doch bis jetzt war es ihm nicht möglich gewesen, mehr darüber in Erfahrung zu bringen. Zudem hatte er Bastian versprechen müssen, nicht hinzufahren. Doch weshalb?

Noch jetzt konnte er sich genau an die flehenden Augen erinnern, mit denen dieser ihn dabei angesehen hatte.

„Valentin, sind Sie noch da?“, wiederholte Rose-Ann ihre Frage, da er noch immer gedankenversunken dastand, ohne etwas gesagt zu haben.

„Ja, ich bin noch hier, Rose-Ann. Aber ich befürchte, ich kann Ihnen nicht helfen."

„Doch, das können Sie, Priester! Nehmen Sie einige Kruzifixe mit sich und ein paar Kessel Weihwasser sowie ein Feuerzeug und ..."

Valentin unterbrach sie. „Was wollen Sie mir damit sagen, Rose-Ann?"

Brenner stand noch immer neben ihm und musterte ihn argwöhnisch. Dabei horchte er bei jedem Wort, das Valentin über die Lippen brachte, konzentriert zu, was diesen dazu veranlasste, dem Mann angewidert den Rücken zu zeigen.

„Fahren Sie zu dem Landsitz und zerstören Sie das Böse! Der unheimliche Ort heißt *Mortem* und liegt knappe drei Stunden Zugfahrt von hier entfernt. Aber vergessen Sie nicht, sich ..."

Dann brach die Leitung plötzlich ab und er hörte nur noch ein langes Tönen.

Nachdenklich legte Valentin den Hörer auf die Gabel.

„Was ist? Wieder ein neuer Liebhaber?", grinste der Parapsychologe sich zynisch ins Fäustchen, obwohl er genau wusste, dass eine Frau am Telefon gewesen war.

„Sehr witzig!", erwiderte Valentin barsch.

„Und? Gestern Nacht im Bettchen Ihres Geliebten gewesen?", sprach Brenner in einem spöttischen Ton weiter.

„Es macht Ihnen anscheinend großen Spaß, mit mir zu spielen, nicht wahr?"

Carsten Brenner nickte höhnisch. „Ich werde Sie nicht nur fertigmachen, ich werde Ihnen das Genick brechen, Burger! Und nicht nur Ihnen, sondern auch Ihrem Freund, diesem teuflischen Bastard! Ich weiß, wer er ist und was er vorhat! Glauben Sie nur nicht, mich länger an der Nase herumführen zu können!"

Wütend kehrte er Valentin den Rücken zu und ließ diesen nachdenklich zurück.

17

„Habt ihr die Särge schon auf den Wagen geladen?“, rief Bastian Reeper und ein paar weiteren Dienern zu, die ihm bei der Beladung der Fracht behilflich waren. Die leicht entstellten und verwahrlosten Männer nickten bejahend und verrichteten weiter ihre Arbeit, was Bastian mit vollster Zufriedenheit verfolgte. Fünf Särge hatten die Bediensteten bereits auf den langen Wagen gehievt, vor dem acht schwarze Rappen gespannt waren.

Der unterirdische Weg, der nicht breiter als drei Meter war, führte von der Gruft, in der Bastian mit Tamber und Lars bis zu diesem Zeitpunkt geschlafen hatte, weg und direkt zum Landgut hin. Keiner der Dörfler kannte diesen Geheimgang, der sich unter der Mühle erstreckte, und durfte auch nie etwas darüber in Erfahrung bringen. Genau aus diesem Grund brauchte Bastian Reeper und den Rest der Dienerschaft. Sie sollten während seiner Abwesenheit in der Mühle nach dem Rechten sehen!

Er wusste, dass es ein langer Marsch war, der den Pferden und ihnen noch bevorstand. Sie würden Stunden unterwegs sein, in diesem feuchten, dunklen Gang, der nur spärlich von an den Wänden angebrachten Fackeln beleuchtet wurde. Dennoch hatte er diesen Entschluss gefasst und sogar jene Särge auf den Wagen aufladen lassen, die seit geraumer Zeit leer in der Gruft herumstanden. Er wollte auf

Nummer sicher gehen, nichts zurückzulassen, was sie hätte verraten können!

In diesem Augenblick dachte er an Valentin. Die Vorfreude auf ein Wiedersehen war groß. Doch gleichzeitig wusste er auch, was dann auf ihn zukam! Er würde Valentin irgendwann sagen müssen, wer er war, auch wenn das der Liebe einen raschen Abbruch tun könnte. Bastian musste sich eingestehen, dass er große Angst davor hatte, den Mann, den er so sehr liebte, für immer zu verlieren!

Zu schön war die Vorstellung, irgendwann mit Valentin als Gefährte an seiner Seite durchs Leben zu ziehen, ihm die angenehmen Seiten, die das ewige Leben zu bieten hatte, zu zeigen, mit ihm die Städte unsicher zu machen, in die Oper oder in einen Klub zu gehen, abendliche Spaziergänge zu unternehmen ...

Bastian seufzte gequält. Er erkannte sich kaum wieder. War es möglich, dass ein Mensch eine solche Veränderung in ihm bewirken konnte?

Nein, es war kein Mensch, der das bewirkt hatte, sondern die Liebe zu diesem!

„Was ist? Trauerst du dieser Priesterkreatur auch noch nach?“, erkundigte Tamber sich unerwartet, der mit herunterbaumelnden Füßen behaglich auf dem Frachtgut saß und mit funkelnden Augen zu Bastian sah. „Menschen sind Nahrung, Bastian, nichts weiter! Du könntest enorme Schwierigkeiten bekommen, erführe der Fürst etwas davon“, sprach er und tat so, als würde er mit großer Gelassenheit seine gepflegten Fingernägel ansehen, ob diese einer erneuten Pflege bedurften.

„Du! Wage es nie wieder, Valentin zu bedrohen oder ihm aufzulauern, hörst du?“, schrie Bastian ihn sofort schroff an, während er seinen rechten Zeigefinger drohend auf ihn richtete.

Doch Tamber lachte über das ganze Gesicht. „Wie war das noch mal? Ein hässlicher Priester, ja? Aber das ist er ganz und gar nicht! ... Du wirst nicht glücklich mit ihm werden, da er Pfaffe ist! Der Gebieter wird nie und nimmer einen Geistlichen an deiner Seite akzeptieren, vergiss das nicht! Außerdem – und ich erinnere dich gerne noch mal daran - würde die Kirche uns jagen und vernichten! Das kann dir dieser Idiot doch nicht wert sein, oder ist er so gut im Bett, dass du nicht mehr von ihm loskommst?", hakte er zynisch nach. Tamber wollte es nicht auf die Spitze treiben, da er Bastian insgeheim wieder für sich gewinnen wollte, aber das hatte er einfach sagen müssen! Dieser junge Priester, der nur ein paar Jährchen jünger als er selbst war, war ihm ein großer Dorn im Auge, den es galt, so schnell wie möglich aus Bastians Nähe zu entfernen!

18

„Eigentlich hatte ich es Ihnen am Telefon noch sagen wollen. Aber die Leitung war plötzlich tot. Herr Burger, ich habe Sie erneut zu mir gebeten, damit Sie mir dieses Mal ganz genau zuhören“, erklärte Rose-Ann, während Valentin sich auf einen Stuhl setzte. Wie schon bei seinem letzten Besuch saß die alte Dame in ihrem Schaukelstuhl vor dem Kamin, in dem das Feuer angenehm knisterte.

„Aber das habe ich doch auch schon das letzte Mal, Rose-Ann. Trotzdem bin ich gerne wieder gekommen. Ich sagte ja, dass ich immer für Sie da sein werde.“

„Valentin, ich bin ein ... Medium ...“

Er sah sie eindringlich an.

„Sehen Sie mich nicht so an, Priester! Sie haben schon richtig gehört - ich bin ein Medium! Früher dachte ich, ich müsste vor dieser Fähigkeit davonlaufen, aber nach und nach merkte ich, dass die Toten von ganz allein zu mir kommen. Sie finden mich und sprechen mit mir, ohne dass ich dagegen etwas tun kann, verstehen Sie das?“

„Zumindest versuche ich es zu verstehen, Rose-Ann. Als Priester glaube ich natürlich an ein Leben nach dem Tod, aber ...“

„Das habe ich mir schon gedacht!“, fiel sie ihm ins Wort, ehe sie ruppig fortfuhr. „Der Mann, den Sie lieben, ist auch tot!“

Valentin starrte sie lange an und schüttelte den Kopf. „Frau Gardner, Rose-Ann, langsam mache ich mir wirklich große Sorgen um Sie. Wie kommen Sie nur auf eine derart absurde Idee?“

„Ich wusste, dass Sie so reagieren würden. Glauben Sie mir, Valentin, er *ist* tot! Fahren Sie zu seinem Besitz – er hat Ihnen doch geraten, dort nicht hinzufahren, nicht wahr?“

Es war diese eine Frage, die sie ihm bereits neulich am Telefon gestellt hatte, und Valentin fragte sich zum wiederholten Mal, woher sie das wissen konnte. Überhaupt: Woher wusste sie, dass er Bastian liebte?

„Bastian ist eine Kreatur der Finsternis! Vielleicht liebt er Sie sogar, aber er wird Sie nicht glücklich machen.“

Valentin musterte die Alte genau, um ihr weiter zuzuhören.

„Er ist der Teufel persönlich, der nach Ihrer Seele greifen wird!“

Seinem Gesichtsausdruck nach zu urteilen, wusste sie spätestens jetzt, was er darüber dachte. Wütend fuhr sie ihn an: „Dann fahren Sie doch hin, wenn Sie mir nicht glauben! Überzeugen Sie sich selbst davon, aber sagen Sie nachher nicht, ich hätte Sie zuvor nicht gewarnt, Priester!“ Sie machte eine kurze Pause, ehe sie weitersprach. „Tun Sie mir den Gefallen und nehmen Sie Weihwasser und ...“

Weiter kam sie nicht, da Valentin sie unhöflich unterbrach. „Frau Gardner, ich höre mir diesen Unfug nicht länger an! Aber damit Sie endlich Ihren Frieden finden, werde ich zu diesem Landgut fahren. Vielleicht kehrt dann endlich Ruhe in diesen Ort ein. Und wenn ich zurückkomme, werde ich darüber berichten, dass an diesem Gerücht nichts Wahres dran ist!“

Er wusste, dass das gesamte Dorf dasselbe dachte, nur war Rose-Ann die Einzige, die es auch offen aussprach. Er rechnete ihr diese ehrliche Art auch hoch an, doch wenn sie ständig so negativ über Bastian sprach, machte ihn das wütend!

Während er sich erhob, gab sie nur „*Mortem!*“ von sich.

Valentin verstand nicht ganz.

„Der Ort, auf dem sich das Gut befindet“, wiederholte sie, „heißt *Mortem!* Haben Sie mir am Telefon nicht zugehört?“

„Doch, ... aber was ist das für ein seltsamer Name?“

„Der Name ist nur halb so düster wie das Grauen, das Sie dort vorfinden, Priester! Und jetzt gehen Sie und kommen ... hoffentlich bald wieder!“

Ohne dem noch etwas hinzuzufügen, verabschiedete Valentin sich höflich und verließ mit schnellen Schritten das kleine Haus.

19

Die Bahnfahrt hatte, durch das Umsteigen auf halber Strecke, mehr Zeit in Anspruch genommen, als Valentin zunächst gedacht hatte, sodass er erst am frühen Abend in *Mortem* eintraf. Seinem Zugplan zufolge hatte er bis kurz vor dreiundzwanzig Uhr Zeit, ehe er seinen Rückzug erreichen musste.

Nun stand er am Bahnhof und sah sich um. Ein verrostetes Schild mit der verdreckten Aufschrift *Willkommen in Mortem* schaukelte krächzend vor sich hin. Kurz drängten sich ihm Rose-Ann Gardners unheimliche Worte ins Gedächtnis, er schaffte es jedoch, das absurde Geschwätz der alten Frau zu verdrängen. Stattdessen wunderte er sich, dass es hier draußen scheinbar weit und breit keine weiteren Häuser gab. Ohne diesen Gedankengang außer Acht zu lassen, ging er hinter den alten Bahnhof und verschaffte sich eine grobe Orientierung davon, welche Richtung er überhaupt einschlagen musste. Als er sich umsah, fiel es ihm jedoch nicht schwer, sich zu entscheiden, denn es gab nur eine einzige, ziemlich enge Schotterstraße, die direkt vom Bahnhof weg in einen Wald führte, hinter dem sich, das konnte Valentin auch von Weitem erkennen, ein großer Landsitz erstreckte. So schnell ihn seine Beine trugen, lief er den zu beiden Seiten von einem Mischwald umsäumten Fahrweg entlang, bis er Minuten später an seinem Ziel ankam. Das musste es sein!

Das Gut, das einem verfallenen Schloss ähnelte, befand sich abgeschieden inmitten eines Waldes auf einem großen Stück Land. Zu dem Besitz gehörte auch ein weitläufiger See, der das Anwesen beinahe paradiesisch erscheinen ließ. An einem dicken Baumast war eine breite Schaukel mit Rückenlehne befestigt, die im Herbstwind sanft hin- und herschwankte. Gleich daneben, unter einer großen Weide, stand ein weißer Tisch mit Stühlen in derselben Farbe.

Doch dem hohen, verwachsenen Gras nach zu urteilen, konnte sich hier schon länger niemand mehr aufgehalten haben. Zudem lag überall Laub herum, was ihm Letzteres nur bestätigte.

Ein schlechtes Gewissen überkam Valentin, als er auf den See hinausblickte. Er hatte es Bastian versprochen, nicht hierherzukommen. Doch er hatte es sich nicht nehmen lassen - allein schon deswegen nicht, weil er sich selbst ein Bild von dem Landgut, mit dem anscheinend etwas nicht stimmte, machen wollte. Irgendetwas musste es damit ja schließlich auf sich haben, sonst hätte Bastian ihm nicht ausdrücklich verboten, es aufzusuchen.

Vielleicht, so dachte Valentin bei sich, war er aber auch nur hier, um sich von all den Ärgernissen der letzten Zeit loszusagen und um einfach nur für sich sein zu können. Der Umstand, dass Carsten Brenner nun bei ihm wohnte, ließ ihm fast überhaupt keine Privatsphäre mehr. Überall schien er ihn zu beobachten und ihm genauestens auf die Finger zu schauen.

Valentin blickte sich genauer um und entschied sich, auf den langen Holzsteg hinauszulaufen, an dessen Ende sich im Wasser ein kleines Boot befand, welches mit einem dicken Seil an einem Pfosten befestigt war. Leicht wippte es im Wasser hin und her.

Eine befremdliche Kühle machte sich spürbar, als er neben dem Boot stehen blieb. Ein Gefühl, dass es hier draußen, wo das Wasser bereits etwas tiefer wirkte, kälter war als noch zuvor, überkam ihn schlagartig, und er bibberte plötzlich am ganzen Körper. Eher zufällig blickte er ins trübe Wasser hinein, wobei ihm auffiel, dass sich auf dem schlammigen Grund des Sees etwas befand. Durch die anbrechende Düsterkeit war es ihm jedoch nur möglich, verschwommene Umrisse zu erkennen. Mit Vorsicht, um auf dem leicht matschigen Steg nicht auszurutschen, kniete er sich nieder und beugte sich mit dem Kopf weiter hinunter. Der Anblick, der sich ihm dort bot, verschlug ihm augenblicklich die Sprache.

Grabsteine!

Wohin er unter Wasser auch schaute, überall befanden sich in den trüben Seeboden eingelassene Marmormonumente und umgefallene Engelsstatuen, deren Oberflächen bereits grünlich überwachsen waren.

Da der See in seiner Mitte ziemlich tief aussah, fragte er sich, wie weit hinein die Grabmale sich wohl erstreckten. Dieser unbehagliche Gedanke ließ ihn zwar frösteln, schürte aber auch gleichzeitig eine unbeschreibliche Neugierde in ihm: Wer zum Teufel hatte sich die Mühe gemacht, diesen schaurigen Unterwasserfriedhof anzulegen? Und vor allem – welchem Zweck diente er?

Es fiel ihm schwer, seinen Gedankengängen freien Lauf zu lassen. Dennoch stellte er sich die unangenehme Frage, ob es möglich war, dass Bastian etwas von den verborgenen Gräbern im Wasser wusste. Seine Gedanken überschlugen sich, als er an das zurückdachte, was Angela ihm erzählt hatte – an die im Dorf verschwundenen Menschen. Mit einem Mal verblasste die schöne Umgebung des verfallenen Landsitzes. Es konnte doch nicht sein, dass Bastian, sein geliebter Bastian, etwas damit zu tun hatte?

Valentin atmete tief durch, stand wieder auf und drehte sich um. Das riesengroße, mit verwelkten Rosenranken übersäte und verlotterte Anwesen schien nach ihm zu greifen.

„Valentin!", hörte er eine flüsternde Stimme, die nach ihm rief. Im selben Augenblick kroch starker Nebel unter dem Steg zu ihm herauf und wickelte seine Füße in eine weiße, beinahe undurchdringliche Schicht. Unmittelbar danach spürte er, wie kalte, lange Finger nach seinen Beinen griffen. Panisch sah er an seinem Körper hinab, da die krallenartigen Hände scheinbar rücksichtslos versuchten, ihn hinunterzuziehen. Valentin wehrte sich, bekämpfte etwas, gegen das er machtlos war. Doch es half nichts. Die eiskalten Pratzen ließen ihn nicht mehr los und zogen so fest an ihm, bis er schließlich das Gleichgewicht verlor und unabwendbar mit einem lauten Schrei in den kalten See hineinstürzte.

ENDE TEIL 1

Anmerkung:

Da es sich hierbei um Fantastische Literatur handelt, ist beizumerken, dass Ort, Namen und Handlung der Geschichte frei erfunden sind. Es sei denn, es gibt einen echten Vampir, der sich durch diese fiktive Story angesprochen fühlt. Dann möge er sich bitte zeigen und sich umgehend mit HOMO Littera in Verbindung setzen. Der Verlag wird die nötigen Kontakte zum Autor herstellen.

ꟾ❦ꟾ

YARA NACHT

Betrügerischer Katzenjammer

E-Book: Gegenwartsroman

ISBN PDF: 978-3-902885-04-3
ISBN ePub: 978-3-902885-05-0
ISBN PRC: 978-3-902885-06-7

Eigentlich liebt Robert seinen Freund Martin, einen erfolgreichen Anwalt, über alles – wären da nicht dessen zehn eifersüchtige Katzen. Als Robert versucht, Martin in ihrem eigenen Haus mit einem Krankenpfleger zu betrügen, wird die Situation erst so richtig turbulent ...

YARA NACHT

One-Night-Stand mit Liebesfolgen

E-Book: Gegenwartsroman

ISBN PDF: 978-3-902885-07-4
ISBN ePub: 978-3-902885-08-1
ISBN PRC: 978-3-902885-09-8

Firmenboss Mark ist mit einer dominanten Frau verheiratet, obwohl er ausschließlich auf Männer steht. Als er für sich und seine Angetraute ein schickes Anwesen sucht, lernt er den jungen Immobilienmakler Fabian kennen und erlebt mit diesem ein berauschendes Abenteuer - mit unabsehbaren Folgen ...

www.HOMOLittera.com

YARA NACHT

Sehnsuchtsvolles
Wiedersehen

E-Book: Gegenwartsroman

ISBN PDF: 978-3-902885-10-4
ISBN ePub: 978-3-902885-11-1
ISBN PRC: 978-3-902885-12-8

Nach der Trennung von Kai will Oliver sich auf einem Kreuzfahrtschiff auf andere Gedanken bringen. Doch wie es der Zufall möchte, entdeckt er auf dem Luxusliner ausgerechnet seinen Exfreund. Mithilfe von Tobias, einem weiteren Passagier, versucht Oliver nun, Kai eifersüchtig zu machen ...

www.HOMOLittera.com

FSC
www.fsc.org
MIX
Papier aus verantwortungsvollen Quellen
Paper from responsible sources
FSC® C105338